요르가즘

■ 이 도서의 국립중앙도서관 출판예정도서목록(CIP)은
서지정보유통지원시스템 홈페이지(http://seoji.nl.go.kr)와
국가자료종합목록 구축시스템(http://kolis-net.nl.go.kr)에서 이용하실 수 있습니다.
(CIP제어번호: CIP2020004835)

요르가즘

똘끼 충만한 미술 전공 요가 강사의 일상 쾌락

황혜원

마음산책

요르가즘

1판 1쇄 발행 2020년 2월 15일
1판 2쇄 발행 2021년 10월 1일

지은이 | 황혜원
펴낸이 | 정은숙
펴낸곳 | 마음산책

편집 | 권한라 · 성혜현 · 김수경 · 이복규   디자인 | 최정윤 · 오세라
마케팅 | 권혁준 · 권지원 · 김은비   경영지원 | 박지혜

등록 | 2000년 7월 28일(제13-653호)
주소 | (우 04043) 서울시 마포구 잔다리로 3안길 20
전화 | 대표 362-1452 편집 362-1451   팩스 | 362-1455
홈페이지 | www.maumsan.com
블로그 | blog.naver.com/maumsanchaek
트위터 | twitter.com/maumsanchaek
페이스북 | facebook.com/maumsan
인스타그램 | instagram.com/maumsanchaek
전자우편 | maum@maumsan.com

ISBN 978-89-6090-609-9 03810

지금 여기, 타인은 없다.
오롯이 나뿐이다.
내가 해내건 못하건 상관없다.
나만이 알 수 있다.

괜찮아 요르가즘이야

수업 중에는 농담을 하지 않는다. 고도로 집중된 모두의 플로를 단단히 잡고 부드럽게 끌어가야 하기때문에 희희낙락 말 장난할 시간이 없다. 하지만 수련에서 빠져나와 속세로 돌아오면 요가에 대해 다양한 시각과 아이디어를 가질 수 있다. 세상 진지했던 행위들을 재밌게 바라볼 수 있다. 예술이라는 탈을 쓰면 모든 경계가 허물어진다(고 믿는다).

요가 강사가 될 거라고 다짐한 적은 한 번도 없다. 어쩌다 요가 강사가 됐다. 개연성을 위해 과거를 뒤적여보면 13년 전, 원정혜 박사님의 요가 책 속 자세를 따라 하던 열아홉 살의 내가 보인다. 왜 책장에 그 책이 꽂혀 있었는지는 잘 모르겠지만, 새로운 자세를 취할수록 기분이 좋아져 계속 따라 했던 기억이 난다.

대학에서는 현대미술을 전공했다. 유화를 시작으로 페인팅

뿐 아니라 미학과 철학까지 넘나드는 엄청난 세계였다. 표현 분야에 경계가 없었다. 나는 그림을 그리고 글을 쓰고 설치를 하고 퍼포먼스를 했다. 그러다 노마드처럼 살고 싶어졌다. 전 세계 작가들이 세계를 떠돌며 작업할 수 있도록 도와주는 '레지던시 프로그램'을 활용했다. 덕분에 졸업하자마자 광주에 머물며 작가로 데뷔했다.

〈24살 24시간 살아보기 프로젝트〉를 전시했고, 크라우드 펀딩으로 독립 출판을 했다. 그리고 거지가 되었다. 그때부터는 자동적으로 〈살아남기 프로젝트〉가 시작됐다. 다행히 나에게는 미드 페인으로서 얻은 약간의 영어 실력과 멀쩡한 사지가 있었다. 일을 하며 요가 자격증을 취득했지만, 딱히 강사가 될 생각은 없었다. 몸을 쓰면 기분이 좋아지니까, 몸매가 좋아지면 자신감이 생기니까. 뭐 이런 20대라면 누구든 갖고 있는 육체에 대한 관심 정도였다. 그렇게 운동과 재미의 뫼비우스의 띠가 만들어졌고 이어서 발레, 수영, 복싱 등을 배웠다.

그러던 어느 날 복싱 클럽에서 요가 수업을 제안받았다. 몸이 틀어지고 굳어 있던 어린 학생들이 많았기에 수업이 진행될수록 변화가 크게 보였다. 그렇게 일과 보람의 뫼비우스 띠가 만들어졌고, 나는 수업을 통해 다양한 남녀노소의 사람들을 만났다. 그 모든 분들이 지금의 나를 요가 강사로 만들었다. 직업의

식이라곤 없는 사람에게도 우리 쌤이라 불러주며 신뢰와 열정을 표현하고 땀 흘려 변화하는 모습을 보여준다면 누구든 이렇게 될 수 있다고 믿는다.

물론 나는 요가 강사이기 이전에 평범한 30대다. 인간적인, 너무나 인간적인 사람이다. 그 이야기가 이 책에 담겨 있다. 인간적이다 못해 약간의 똘끼도 가미되어 있다. 아무리 수련을 해도 사라지지 않은 걸 보면 타고난 부분은 바뀌지 않는 것 같다. 지금은 작업과 수련을 통해 똘끼와 공생하는 법을 익히고 있다. 세상에 이로운 방향으로 성장했으면 좋겠다.

아쉬탕가를 하면서 크게 달라진 점을 하나 꼽자면 먹고 싶은 것을 먹고 싶은 만큼 먹을 수 있게 됐다는 점이다. 음식만이 아니다. 마음도 먹는다. 물렁하고 성가셨던 마음의 지방이 탄탄한 근육이 되면서 '믿는 구석'이 생겼다. 보험 하나를 들어놓은 것 같다. 스티븐 호킹처럼 몸의 한계에 갇히더라도 겸허히 받아들일 수 있다면 정신은 그 안에서 계속 확장될 것이다.

엄마는 늘 이렇게 말했다. "건강을 확신하지 마." 인간은 누구나 한순간에 건강을 잃을 수 있다. 힘든 사건이 연달아 겹치면 누구든 마음의 병이 생길 수 있으니까. 그러나 요가가 있는 한 '덜 불행'할 것이다. 지금 이 수련으로 쟁여둔 든든한 보험금을 타먹으면 되니까. 그렇다고 요가가 행복을 보장하지는 않는다. 행복에 있어서는 그 무엇도 보장할 수 없을 것이다. 행복이나 깨달음은 제자리 뛰기 같은 거라 도달할 수 있는 무언가가 아니라고 생각한다.

요가에 관심이 없는 누군가는 그림을 감상하거나 글을 읽을 것이다. 그거면 충분하다. 그러다 어느 날 찌뿌둥한 무기력이 극에 달했을 때, 이 책을 보다 무심코 자세를 따라 해볼 수도 있다. 나는 그 장면을 상상하며 음흉하게 웃고 있다.

산문 사이에 실린 요가 드로잉과 설명은 아쉬탕가 프라이머리 시리즈primary series에서 '어렵지 않은' 자세들을 선별해 수록했다. 어렵지 않은 자세라고 했지만, 완벽하게 취하기란 쉽지 않다. 이미 해본 독자라면 알 것이다.

결국 아사나(요가 자세)는 미션이다. 한껏 구겨지거나 활짝 펼쳐진 불온한 육체 속에서 덩달아 불온해지려는 마음을 달래고 유지할 수 있는지에 대한 미션. 이 책에는 그 미션에 도전한 나의 이야기도 담겨 있다.

모든 요가 강사가 나와 비슷하다고 단정 짓지는 않았으면 좋겠다. (앞서 말했듯 나란 사람의 기저에는 똘끼가 있다.) 아쉽게도 책에는 다 싣지 못했지만, 다른 멋진 요가 선생님들도 많다. 아직 만나보지 못한 분도 많을 것이다. 그리고 나는 이제야 하타 요가의 즐거움을 누리고 있다.

'요르가즘'이라는 제목만으로도 느낄 수 있겠지만, 범접할 수 없는 숭고한 이미지의 요가에 대한 허들을 낮추고 싶었다. 그래서 최대한 경쾌하게 맛보기 형식으로 자세를 설명했다. (설명을 빙자한 농담 따먹기도 있다.) '다리를 이렇게, 손을 이렇게, 어깨를 이렇게, 복부를 이렇게…….' 아무리 머리로 빠삭하게 알더라도 단번에 자세를 만들 수는 없다. 내가 그랬다. 이것은 나의 경험이다. 그래서 일단 해보고, 다시 해보고, 계속해보면서 천천히 맞춰가는 것 말고는 방법이 없다. 이 과정이 오르가즘과 비슷하다. 자신의 몸과 마음에 최대한 집중하고 과감하게 찾아내고 솔직하게 표현해서 '절정'을 향해 포기하지 않아야만 끝내 느낄 수 있기 때문이다. 서둘러 대충 끝내면 둘(몸과 마음) 중 하나는 만족스럽지 않게 된다. 함께 시간을 들여 천천히 나아가야만 누릴 수 있는 쾌감이다. 서로(몸과 마음)를 탓하지 않으며 배려할 수 있다면 아마 평생 사랑을 나눌 수 있을 것이다.

2020년 2월
황혜원

3부

요가하는 사람 맞아?

yorgasm

● 일러두기

1. 모든 요가 자세는 오른쪽에서 왼쪽으로 진행되며 책에는 모두 오른쪽으로 취하는 자세를 실었다.
2. 요가 자세의 한글 표기는 통용되는 표기를 따랐다.
3. 영화, 노래, 전시 등은 〈 〉로, 단편은 「 」로, 책 제목은 『 』로 묶었다.
4. '요가에 도움을 받은 책들'은 본문 마지막에 출간연도 순으로 표기했다.

1부

타고난 몸이 아니다

나는 맨 앞줄,
벽을 보고 하는 게 좋다.
잘하는 사람도 못하는 사람도 보고 싶지 않다.
심지어 내가 잘하는지 못하는지도 중요하지 않다.

수리야 나마스카라 A

Surya Namaskara A

1 *2* *3* *4*

5

9 *8* *7* *6*

나마스떼namaste는 인도에서 쓰는 인사말로 '당신 안에
있는 신에게 경의를 표한다' '있는 그대로의 당신을
존중한다'라는 뜻입니다. 가슴 앞에 합장을 하고
고개를 살짝 숙여 소중한 나 자'신'을 향해 인사하며
시작해봅시다.

나마스떼!

아쉬탕가 요가에서는 별도의 스트레칭이 없습니다.
대신 수리야 나마스카라 연결 동작을 통해 몸이 서서히
달아오르도록 만들어줍니다. 흐르듯이 연결된다는
의미로 '빈야사'라고도 부릅니다.

수리야 나마스카라 A

Surya Namaskara A

"술이 남았을까나?"
"아뇨. 수리야 나마스카라의 '수리야'는 태양입니다.
나마스카라는 '나마스떼' 인사하듯 태양을 숭배한다는
뜻입니다. 타오르는 해가 떠오를 때 하면 정말
몽환적인 느낌이 듭니다."
"잠이 덜 깨서 그런 건 아니겠죠?"
"그럼 해가 질 때 하시면 됩니다!"

우리 몸에는 기운이 새어 나가지 않도록 잡아주는
'반다bandha'가 있습니다. 괄약근을 살짝 조이면 단박에
느낄 수 있는 물라 반다, 아랫배에 우디야나 반다,
턱 밑에 잘란다라 반다가 있습니다.

구루를 찾아서

아쉬탕가에 대한 책을 한 권 샀다. 저자의 홈페이지에 들어가 보니 워크숍 일정이 있었다. 우연치고는 너무 딱 맞아떨어진다며 호들갑을 떨었지만, 그는 여전히 자주 워크숍을 열고 있다.

그렇게 나는 아쉬탕가에 입문했다. 그분에게 계속 배우고 싶었지만, 그분 또한 자신의 구루guru, 자아를 터득한 신성한 교육자에게 배움을 얻기 위해 인도로 떠났다. 절묘한 타이밍이었다. 그가 돌아오기 전까지 다른 요가를 배워볼까? 당시에는 플라잉 요가가 대세였다. 강사 모집 사이트를 보면 늘 '플라잉 필수'라 적혀 있었다. 도대체 뭐길래 자꾸 필수라는 건가 궁금해졌다. 그렇게 플라잉 요가 전문 센터에 등록해서 다니기 시작했다.

플라잉 요가는 한마디로 고문이었다. 해먹에 매달린 나는 '끄아아악' 소리치고 싶었지만, 다른 여인들은 온화한 미소를 지으며 공중에서 춤을 추고 있었다. 안 되겠다. 다른 수업도 들어보자. 그곳에는 '포레스트 요가'도 있었다. 그렇게 나는 엉뚱하게도 포레스트 요가에 꽂히고 말았다(플라잉 요가는 얼마 못 가 때려치웠다).

예수일 선생님의 수업을 듣고 나서 울었다. 대체 무엇 때문에? 그녀의 따뜻한 손이 배(인가 가슴인가)에 얹어진 상태에서 눈물을 줄줄 흘렸고 그 개운함은 지금도 생생하다. 힐링이란 표현은 너무 저렴해 쓸 수 없을 정도로. 덕분에 알았다, 포레스트는 아무나 가르칠 수 있는 요가가 아니라는 것을. 그렇다고 아쉬탕가는 아무나 가르쳐도 된다는 뜻은 아니다. 결이 다를 뿐.

아름다운 그녀가 낭랑한 목소리로 말했다. "네가 품은 수많은 감정을 예술로 표현해." 당시의 나는 오롯이 요가에만 미쳐 있었다. 그리고 그 여름, 다시 그림을 그리기 시작했다. 6년 만이었다. 어쩌면 그녀가 내 인생의 구루 혹은 구원이었는지도 모르겠다.

연말에는 유명한 강사들을 찾아다녔다. 처음에는 들뜬 마음에 제법 갔지만 점점……. 아무도 추궁하지 않았으나 늘 스스로에게 변명하느라 바빴다. 새벽 시간이 부담스럽다는 둥, 작업에 집중하느라 못 갔다는 둥, 진도 나가다 다칠까 무섭다는 둥. 수련실에서는 고난도 자세를 곧잘 하다가도 탈의실로 돌아와서는 통증을 호소하며 의지를 불태우는 요가 고수들을 자주 목격하다 보니 나에게 수련이란 대체 뭔가 싶어졌다.

- 요가 자세(아사나)에 대한 열정은 있는가?
- 제자의 자세를 갖췄다고 생각하는가?
- 혼자 수련할 수 있을 정도로 근면한가?

그렇게 셀프 수련에 도전했다. 일명 #셀수. 목표는 하루에 10분 혹은 100분. 게으른 나에게는 매일 수련을 하는 것 자체가 수련이었다. 천재지변이 일어나거나 몸져눕지 않는 이상 최소 10분은 매일 수련하자는 취지에서 시작했다. 생각보다 매트 깔기는 쉬웠고 일단 시작하면 나도 모르게 한 시간을 훌쩍 넘겼다. 오히려 주말이 어려웠다. 밖에서 신나게 놀다 보면 하루를 꿀꺽 삼키기 일쑤니까. 자기 직전에 비칠비칠 침대에서 일어나 10분 정도 수련한 적도 있는데, 갑자기 말똥말똥해져서는 새벽 세 시까지 못 잤다.

석 달이 지났다. 수련은 습관으로 자리 잡았다. 언제 또 자리를 뜰지 모르겠지만. 혼자 수련하니 방귀도 마음대로 뀔 수 있고 좋았지만, 문득 다 함께 호흡을 맞추고 기운을 끌어모으던 나날이 그리워졌다. 어쩌면 이제는, 어쩌면 나도, 어쩌면 제자의 자세를 갖췄을지 모른다.

구루를 찾는 일만 남았다. 지하였다. 로비에는 여인들이 삼삼
오오 모여 고구마를 까먹거나 담소를 나누고 있었다. 발랄한 분
위기였다. 시장통처럼 시끄럽진 않았지만, 그렇다고 절처럼 고요
하지도 않았다.

이 느낌을 좋아한다. 모든 게 낯설다 못해 나 자신조차 생경
한 느낌. 그렇다고 누구 하나 고개 돌려 나를 주시하지 않으니
투명 인간이 된 느낌. 프런트 매니저만이 열일 중이었다. "어떻
게 오셨나요?" 말하는 그녀 뒤에 그가 앉아 있었다. 그는 거대
한(『수학의 정석』 책등의 세 배 정도) 책을 읽고 있었다. 첫인상은
말갛다. 말간 얼굴이다. 리프팅 시술을 방금 받은 사람처럼 피
부가 팽팽하게 당겨져 있었고, 웃을 때 생기는 눈가의 주름조차
장인이 조각칼로 섬세하게 그은 거 같았다. "아쉬탕가 해본 적
있나요?" 그가 묻는다. 필수적인 질문이었다. 금요일 저녁은 선
생님이 구령으로 리드^{lead}하는 레드 클래스$^{led\ class}$니까. 물론 알
고 왔다. 강사가 로테이션으로 진행되는 수업인 것도 알고 있다.
오늘은 특별히 그가 진행한다는 것도.

아쉬탕가는 기본적으로 '셀프 수련$^{self\ practice}$'이다. 이것을 인
도의 마이소르 지역 이름을 따서 '마이솔^{mysore}'이라 부른다. 매

일 그렇게 '자기 호흡'을 따라 수련하다가 일주일에 한 번, 선생님의 구령(동작의 이름과 숫자 카운팅)에 맞춰 '함께 호흡'한다. 정말 멋진 시스템이다. 단체 퍼포먼스 같다. 한 사람 한 사람의 촛불 같은 기운이 한데 모여 화르르륵 캠프파이어 하는 느낌이다. 실제로 피를 끓여 불순물을 제거하고 있는 사람들이 한데 모여 있으니 열기가 상당하다.

나는 맨 앞줄에 섰다. 왜인지 앞줄은 늘 비어 있다. 지난해, 유명한 요가원에서 '앞줄은 오랜 수련생' 자리라며 뒷줄로 쫓겨난 적이 있다. 그럴 만하다. 그곳에는 고난도 묘기를 구사하는 요기들이 가득했으니까. 그러니까 앞줄의 의미는 약간 이런 거다. '요가 좀 하는 사람 앞으로 나와.' 좀 한다의 기준은 뭘까? 나는 석 달을 혼자 수련했다. 비교 대상이 없었다. 그러니까 최대한 시야에 아무도 없는 게 나을 거라고 생각했다. 누군가가 앞에서 휘청거리거나 하면 아무리 코끝을 응시해도 다 보인다. 정확히 보이진 않아도 느낄 수 있다. 그래서 나는 맨 앞줄, 벽을 보고 하는 게 좋다. 잘하는 사람도 못하는 사람도 보고 싶지 않다. 심지어 내가 잘하는지 못하는지도 중요하지 않다. 나에게 묻는다. '그럼 뭐 하러 여기 온 거야?' '나도 그게 궁금해. 일단 오늘 해보고 결정할래.'

이 느낌도 좋아한다. 오늘 처음 들어온 '학생 1'로서 특별 대우받는 느낌. 내 실력이 어느 정도인지 주시당하는 느낌. 그래서 나는 달렸다. 선 자세standing sequence에서 완벽을 기하다가 털렸는지, 대망의 한 다리 서기에서 비틀비틀 춤을 췄다. 대망의 개망. 이럴 수가. 비릿한 미소가 얼굴에 번졌다.

그는 아쉬탕가를 조금 다르게 한다고 들었다. 전통을 해체한다는 의미가 아니라, 보다 안전하게 수련하도록 가르친다고.

앉은 자세seated sequence에서 몇 가지 신박한 설명을 들었다. 이걸 원했다. 지금껏 배우지 못했던, 이런 것. 평생 사용해야 할 나의 관절들을 보호할 수 있는 수련법. 해부학으로는 접근하기 어려운(오히려 금지되는) 고난도 자세를 직접 수련하면서 터득한 경험과 수많은―형태의 몸을 가진―학생들을 이끌어온 그의 연륜을 모두 흡수할 순 없겠지만, 내가 오늘 여기 온 이유를 납득하기에는 충분했다. 야릇한 미소가 얼굴에 번졌다. 드디어 마무리 자세finishing sequence를 위해 누울 차례가 왔다. 한 여성이 담요를 덮으려 했다.

"아니, 누가 자래?"

파도 같은 웃음이 공간을 한차례 휩쓸고 지나갔다.

우르드바 하스타아사나

Urdhva Hastasana

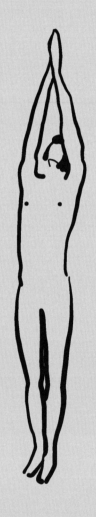

"자, 숨을 들이마시며 두 팔을 머리 위로.
Put your hands up!"

1. 아랫배를 당기고 꼬리뼈를 아래로 내려 '반다'를
잠급니다.
2. 명치가 솟구치지 않게 하고 가슴을 열면서 두 팔을
위로 올립니다.
3. 귀와 어깨 사이에 귤이 하나씩 들어갈 공간을
만들어줍니다.

턱을 살짝 들고 시선은 손끝!

커터칼을 손에 쥔 요가 강사

사실 이 코트, 당분간 안 입을 작정이었다.

갈색 코트를 입었던 지난주 토요일 본가에서 가족과 행복한 시간을 보내고 귀가하던 중이었다. 뒤에서는 패딩 모자를 뒤집어쓰고 주머니에 손을 찔러 넣은 남자가 걸어오고 있었다. 키가 187센티미터인 남동생이 그랬다. 자신은 이런 상황에 처할 때마다 여자들이 두려워하지 않도록 앞서 지나가준다고. 그래서 나도 잠깐 멈춰 그가 지나가길 기다렸다. 지나간다. 천천히 언덕을 오르는가 싶더니 갑자기 앞으로 갔다 뒤로 갔다 스텝을 밟으며 힐끔거린다. 나는 이게 뭔가 싶어 눈알을 굴렸다. 얼마 전 이 근처에서 고꾸라져 있던 꽐라 아재를 거둬가라고 112에 전화한 적이 있다. 또 신고할까 고민했지만, 괜한 의심은 아닌가 잠시 동태를 살피기로 했다. 넉넉한 거리를 유지하며 걸어 올라갔다. 그가 우리 집을 지나쳐 언덕 위로 올라가는 모습이 보였다. 나는 안도하며 열쇠를 꺼냈다.

그때였다. 그가 뒤돌아 내 쪽으로 달려 내려오기 시작했다. 근데 나, 열쇠를 거꾸로 꽂았다. 잽싸게 열쇠를 뒤집어 꽂아 대문을 열고 들어가 문을 쾅 닫았다. 단말마의 비명을 질렀고 심장이 터지는 줄 알았다. 계단 위로 올라가 봤더니 그가 유유히 언덕을 내려가고 있었다. 위치를 파악한 것만으로도 만족한다는 듯한 여유로운 발걸음으로. 나는 떨리는 손으로 경찰서에 전화해 위치를 말하고 그의 인상착의를 더듬더듬 설명했다.

그래도 다행이었다. 자취 3년 차인 내가 그간 너무나 방심한 채로 살아왔다는 걸 깨달았다. 호신용 스프레이도 가지고 있지만 막상 위급 상황에 닥치니 몸이 굳어서 뭘 꺼낼 새도 없었다(설마 늘 손에 쥐고 다녀야 할까). 검색해보니 요즘은 가스총도 있다. 뭐 여러 가지가 있겠지만, 내가 소지했을 때 가장 안심할 수 있는 걸 쓰는 게 좋겠지. 한 손에 쏙 쥐어지는 커터칼에 엄지를 두고 있으면 왠지 든든하다.

피해의식에 휩싸여 주변 남성들을 경계하며 지내기는 싫다. 그렇게 살아오지 않았다. 하지만 이번 일을 계기로 세상에는 꿍

장히 많은 또라이가 있다는 친구의 조언을 귀담아듣게 되었다. 친구는 몇 가지 팁도 알려줬다. 살려주세요! 외치면 사람들이 해코지당할까 두려워 안 나오지만, 아빠! 소리치면 집집마다 아빠들이 뛰쳐나온다고 한다. 게다가 근처에 아빠가 있는 줄 알고 당황한 놈이 도망친다고. 아니면 주먹으로 얼굴 중앙을 가격해 시간을 벌고 튀는 방법도 있다고 한다. 신뢰와 불신이 양쪽에 있다면, 그 중간 어디쯤을 찾아야 할 것이다.

당시에는 몸이 오그라들었다. 그런 일이 처음이기도 했고 나는 원래 아주 잘 놀란다. 일상에서 누가 갑자기 말을 걸기만 해도 깜놀한다. 그래서 뭐가 막 튀어나오는 영화─〈나는 네가 지난여름에 한 일을 알고 있다〉─를 싫어한다. 여자는 언제 어디서든 늘 경계하고 조심해야 한다는데, 그 말도 싫다. 한 번뿐인 인생, 구겨져서 살고 싶지 않다. 쫄면 더 위험하다. 상대적 약자를 괴롭히려는 심리에 동조하는 꼴이 되고 만다.

친구가 추천해준 '안심이' 앱에는 우리 집 주소가 제대로 검색되지 않았다. 서비스를 이용하면 경찰도 아닌 스카우트 두 명과 동행하는데, 그들은 대부분 중년이고 괜한 질문(여자 혼자 왜 살아, 그 나이면 시집가야지 등)을 던져 귀가 내내 곤란하게 만든다는 소문이 있다. 엉성하지만 그래도 이런 시스템이 있는 게 어디야. 의외로 유쾌한 대화를 나눌 수도 있겠지, 긍정적으로도 생각해보지만 역시 스카우트 서비스는 안 쓸 것이다. 차라리 괴한과 맞짱을 뜨겠다.

요 며칠 언덕을 오를 때마다 애인과 통화했고(그는 다른 지역에 산다)
"어디야?"
"집이지."
"집 앞에 나와 있어."
"나 지금 바지 안 입었는데."
"아, 벌써 나왔다고? 알았어. 거의 다 왔어."
열쇠를 꺼낼 때는 세상 진지하게 (약간 미친 사람처럼) 주위를 살폈다.

오늘에서야 두려움이 미세하게 붙은 갈색 코트의 먼지를 털어냈다. 면접을 위해, 당당히 나를 보여주기 위해.

나는 커터칼을 손에 쥔 요가 강사다.

3

우따나아사나

Uttanasana

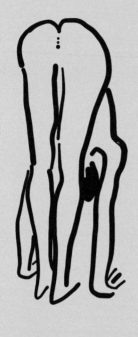
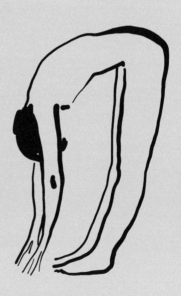

들이마시는 숨에 몸을 열었다면, 내쉬는 숨에 몸을
접을 차례입니다.

우딴uttan은 강렬하게 쭉 뻗친다는 뜻으로, 척추가
강하게 신장되는 자세입니다. 단순해 보이지만, 2분
이상 유지하면 어떤 우울한 마음도 사라지는 자세라고
합니다. 심장 박동이 느려지면서 뇌세포가 진정되기
때문이죠. 간장, 비장, 신장의 기능을 강화해 위장
질환에도 도움이 될 뿐만 아니라, 생리통이 심할 때
틈틈이 해주면 아주 기특한 자세입니다.

"저는 바닥에 손도 안 닿는걸요?"
"괜찮아요! 그럴 때는 무릎 찬스를 쓰면 됩니다."

몸을 접을 때 '배꼽-가슴-이마' 순서로 닿아야
합니다만, 저렇게 등이 굽은 상태로 이마 혼자
달려든다면? 무릎이 마중을 나가야 합니다. 무릎을
굽혀 다른 관절의 한계를 보완하는 거죠.

나섰어?

"나섰어?" 그가 묻는다. 내 말버릇을 흉내 내는 것이다. 나는 '나았어?'라고 쓰면서 발음할 때는 '나섰어?'라고 한다. 나도 내가 왜 이러는지 몰라 이상하고 부끄러웠다. 그러던 어느 날 그가 이사를 도와주러 본가에 왔다. 앞뒤 상황은 기억나지 않지만, 동생이 "나섰어?"라고 말하던 장면을 그가 포착한 것이다. 의문은 풀렸지만(아마도 부모님의 방언 영향) 잘 고쳐지지 않는다. 너무 어릴 때부터 이렇게 듣고 말하다 보니 입에 붙어버렸다.

처음 '나섰어?'가 발화됐던 순간을 회상해본다. 내가 걱정 가득한 얼굴로 그에게 물었다. "나섰어?" 그때 그는 깜짝 놀랐다고 한다. '나 섰어?'로 해석한 것이다. 나는 얼굴을 붉히면서도 조금 궁금해졌다. 그래서 진짜 섰는지 안 섰는지.

계속 영상통화로만 대화하고 있다. 오늘이 감기 나흘째다. 나의 병고는 깊지 않아 요가 스터디에도 다녀오고 밀푀유 전골도 만들어 먹고 이렇게 글도 쓰지만, 완벽히 회복되지 않았으니 외출을 자제해야 한다. 아직 감기 기운이 남아 있다. 매캐한 연기 같은 얇은 막이 한 꺼풀 남아 있다. 이놈을 떨쳐내야 진짜 섰는지 안 섰는지 알아내러 갈 수 있다.

지난주 우리는 쫄면을 먹었다. 불타는 입으로 대화하며 ABC 마트를 향해 걷고 있었다. 그는 연신 '리니지 할 거 같이 생긴 사람'에 대해 이야기하고 있었다. 나는 리니지가 게임인 건 알았지만 해본 적이 없고(게임이라고는 스무 살에 했던 서든 어택이 마지막) 게이머들을 광신도처럼 보는 경향이 있어, 그의 말에 귀 기울이지 않았다. 대신 물끄러미 그의 옆얼굴을 감상했다. 우리는 거대한 강남대로변에서 신호가 바뀌기를 기다리고 있었다. 따뜻한 겨울 햇살이 그의 조각 같은 얼굴 위로 부서져 내렸다. 살짝 미소 짓는 갈색 눈이 반짝였다.

"사실 나, 아까 네가 잘생겼다는 생각만 하고 있었어."

"알고 있었어. 네가 내 말 안 듣고 있는 거."

"나도 알고 있었어. 내가 네 말 안 듣고 있는 거 네가 알고 있다는 거."

"그래서 계속 말해봤어. 약간 오기 생겨서."

예전에는 재밌는 남자가 좋았는데 요즘은 얼굴만 봐도 배부른 사람이 좋다. 그렇다고 그가 핵노잼이라는 말은 아니다. 내가 재밌는 사람이 되고 싶어졌기 때문이다. 타인에게서 재미를 구걸하고 싶지 않다. 내가 여기저기 흘리고 다니고 싶다.

나는 양말을 샀고 그는 검은 운동화를 샀다. 그가 자신의 흑발에서 비어져 나온 새치처럼 반짝반짝 웃었다. 난 또 그 얼굴을 넋 놓고 감상했다. 그래서 그가 하는 말을 잘 못 들었다. '이 운동화 어때?'라고 물었던가. 검은 운동화는 그냥 그랬다. 죄다 시커멨다. '네가 좋으면 나도 좋아'라고 대답했던가. 설마, 그런 머저리 같은 말을 했다면 큰일인데. 기억이 안 나서 다행이다.

이튿날, 구루의 따뜻한 목소리와 손길을 떠올리며 100분 수련을 했다. 그러자 참을 수 없이 남자가 보고 싶어졌다. 참을 수 없이 배가 고팠고, 그가 본가에서 가져왔다는 김밥이 참을 수 없이 먹고 싶어졌다. 그는 언제든 볼 수 있지만, 그 김밥은 성묘 때가 아니면 먹을 수 없으니까. 나는 김밥에게 달려갔다. 김밥은 거대했다. 입이 찢어져라 욱여넣었더니 씹을 때마다 튀어나올 것 같았다.

해 지는 오후가 노릇노릇 길어져 행복한 봄이었다. 다 먹어 치울 거 같아 락앤락 뚜껑을 닫아달라고 조심스레 부탁하느라 조금 슬픈 행복이었다.

배가 부르니 졸음이 쏟아졌다. 전기장판을 켜고 이불 밑에 쏙 들어가 책을 읽기 시작했다. 타로 책이다. 요가 강사 다음 직업으로 궁리 중이다. 생계를 유지할 수 있는 업종인지는 모르겠지만, 일단 내 점을 보기 위해 읽고 있다. 앞부분은 재미있어 순식간에 읽어냈지만, 뒷부분은 거의 졸면서 읽었다. 지루해서가 아니라 졸린 상태에서 책을 폈기 때문이다(변명 맞다). 꼬르륵 자다가 파드득 고개를 든다. 몇 장 안 남았다, 전사여 깨어나라. 그렇게 꾸역꾸역 마지막 장까지 먹어 치운 후, 그를 불렀다.

"자, 질문해."

"했어."

"나한테 말을 해야지."

"속으로 말하면 안 돼?"

"그럼 내가 어떻게 해석을 해?"

나는 그렇게 질문을 강요했고, 그는 두 개의 질문을 짜냈다.

1. 여기보다 더 좋은 집으로 이사 갈 수 있을까요?
2. 부모님과의 관계가 나아질까요?

과거는 흑역사였지만(칼이 열 개 꽂힌 카드도 있었다) 미래는

밝았다. '뿌린 대로 거두리라.' 애매한 팩트를 휘두르는 타로 카드가 퍽 마음에 들었다. "왜 연애 질문은 안 해?" "네가 여기 있으니까."

그렇다. 나는 이 남자의 여자 친구 사람이다. 3년 하기로 했는데 벌써 3년 차다.

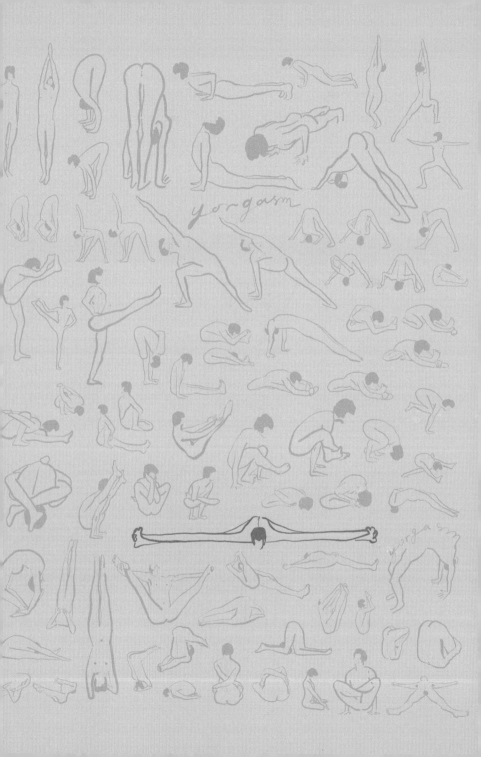

아르다 우따나아사나

Ardha Uttanasana

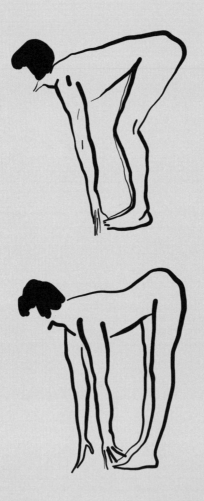

아르다ardha는 '절반'입니다. 우딴이 강렬하게 쭉
뻗는다는 뜻이니, 이 자세에서는 몸을 절반만 쭉
뻗으면 됩니다.

이번에도 허리에 오목한 곡선이 생기도록 무릎
찬스를 씁니다. 잠든 요추가 깨어날 때까지 무릎을
사용합니다. 요가할 때 잠깐 요추가 정신을
차렸을지라도, 나머지 시간에 졸면 소용없겠죠?
요추가 무너지면 흉추도 굽고, 무거운 머리(몸무게의
8퍼센트)를 지탱하는 경추도 일자목이 됩니다. 내부
장기를 압박해 호흡이 얕아지면 피로와 뱃살과
스트레스가 쉽게 쌓입니다.

요추를 깔고 앉는 대신, 요를 깔고 앉아서라도 척추를
곧게 세워봅니다. 처음에는 뭔가 어색하고 불편한
느낌이 들겠지만, 척추(경추-흉추-요추)가 천천히
펴지면서 습관으로 자리 잡게 됩니다(뇌에 시냅스가
생깁니다). 건강한 틀을 갖춘 다음엔 구부정한 자세가
오히려 불쾌한 느낌이 드는 경지에 오르게 되는 거죠.

이 글을 읽다가 허리를 곧추세우셨다면, 잘하셨습니다.
뇌에 시냅스 한 줄 추가요!

그런 건 없어요

"다 왔다고 생각하는 순간, 여러분은 벌레처럼 짓밟힐 것입니다."

—아헹가

감기에 걸렸다고 거부당했다. 귀여운 조카의 백일잔치를 못 보다니! 마지막 남은 배를 입에 욱여넣으며 지난 일주일을 떠올린다. 구루구루 나의 구루지, 들뜬 나는 현금을 챙겨 들고(5퍼센트 할인을 위해) 지하로 내려갔다. 월요일과 목요일은 구루지의 수업이다. 강사들을 위한 애매한 오후 90분 수업이다.

"마이솔 온다고 했었잖아!" "마스터 수업 한번 들어보려구요." 구루지는 나를 기억하고 있었다. '그래, 내가 좀 튀지' 착각한다 (신규회원이니까 당연한 건데). 생전 처음 해보는 자세가 많아서 재밌었다. 뭐랄까. 이거 해보세요, 저거 해보세요 하며 평가받는 느낌이랄까. 잘 되는 동작도 있었고 전혀 안 되는 동작도 있었지만 되는 대로 했다. 끝나고 나오자 구루가 또 맑은 얼굴을 들이밀며 물었다. "괜찮아?" "네!"

정말 괜찮았다. 나는 그대로 수업을 가려고 이동했다. 여의도 공원 벤치에 앉아 샌드위치를 먹었고(먼지도 잔뜩 마셨다) 카페에 들어가 사과+비트 주스를 마셨다(먼지 잔뜩 마셨으니까).

화요일 밤, 수업을 막 끝냈을 무렵이었다. "예전에 영어 선생님이셨죠?" "어머, 어떻게 아셨어요?" 중년의 그녀는 스쿼트를 '스쿳', 드로잉을 '쥬로잉'으로 발음했다. 평발의 그녀는 한 다리로 서는 동작을 굉장히 어려워했다. 그래서 벽을 짚고 서는 연습을 했다. 역시 제대로 배우려면 일대일이 최고다. 그렇다면 나는 제대로 된 강사인가?

구루구루 나의 구루지, 잠이 덜 깬 나는 매트를 챙겨 들고 지하로 내려갔다. 마이솔은 아침 일곱 시부터 열한 시까지다. 여덟 시에 일어난 나는 여덟 시 반에 도착했다.

생리가 터진 걸 깜빡하고 머리 서기를 해버렸다. 굴렁굴렁 구르다가 옆 사람을 치기도 했다. 너무 미안해서 죄송하다는 말이 곧바로 튀어나왔다. 그녀는 괜찮다고 했지만 마음이 불편했다. 나중에 그녀도 나를 치자(그녀는 사과하지 않았지만) 마음이 스르륵 편안해졌다.

대망의 드롭 백+컴 업^{drop back and come up, 허리를 뒤로 꺾어서 바닥을} 짚고 올라오는 동작. 역시 구루도 내가 발목을 잡도록 유도했다. 잡았다. 그러자 바로 종아리를 옮겨 가도록 시도하신다. 나는 '아앗' 작게 외치며 그의 손에서 벗어났다.

"베카사나(개구리 자세)를 했는데요. 선생님이 다른 강사들에게 시연하려고 제 발목을 허리에 붙이고 갑자기 무릎을 들었어요. 걸을 때마다 오른쪽 대퇴직근이랑 발목이 찢어질 듯 아픈데 이 부위 통증이 처음이라서…… 시간이 지나면 나아질까요?"

"아뇨. 왜 그러는 거지?"

"발목만 꺾다가 인대가 끊어지는 사람들이 있다면서……."

"그건 맞는데 무릎을 들어준다라. 신박한데요. 일단, 혜원님 몸은 타고난 게 아니라는 것만 아시면 됩니다. 혜원님처럼 몸이 유연한 사람들은 조직 합성이 남들보다 훨씬 적어요. 조직이 부족해서 덜렁거리는 거라 남들보다 근수축을 많이 해야 해요. 그래야 부상도 막고 몸도 단단해지는데 그렇게 무릎을 들어버리면 어쩌자는 건지 모르겠네. 무릎을 남이 눌러주면 조직이 스스로 못 자라잖아요."

이렇게 구루에 대한 환상은 일주일 만에 사라졌다. 애초에 내가 구루의 제자가 될 만한 '타고난 몸뚱이'의 인간이 아니었던 거다. 타고난 사람만이 요가를 하는 건 아니지만, 이따위 몸과 믿음으로는 그의 손길이 아무리 부드러울지라도 녹아 없어질 게 분명했다. 이런저런 고민으로 심란했던 그날 밤, 단박에 감기에 걸렸다.

나의 몸은 항상성을 회복하고자 체내 치유력의 비상 버튼을 눌렀다. 체열이 1도 상승하면 맥박은 10회 빨라진다. 피가 빠르게 돌면서 맑아지고 백혈구 수가 증가한다. 열이 날수록 끓는 머리가 터지기 직전이 되는 거 빼고는 아주 멋진 복구 시스템이다.

"의사 선생님, 제 편도가 부은 건 아닐까요?"

"아, 해보세요."

"(아)"

"그런 건 없어요."

"네?"

"편도는 사춘기 때 대부분 퇴화해요."

그렇다. 나에게는 애초에 없었다.

차투랑가 단다아사나

Chaturanga Dandasana

#pushdown

차투르chatur는 4를, 앙가anga는 사지의 일부분을
뜻합니다. 손과 발로만 몸을 지탱할 수 있어야 완벽한
차투랑가가 되겠지만, 쉬운 버전부터 하나하나
섬세하게 연습해야만 합니다.

"왜죠?"

상체 근육이 부족한 상태에서 완벽한 차투랑가를
시도한다면 어깨가 올라가면서 근육이 뭉칠 수
있습니다. 어깨를 등 뒤 광배근으로 끌어내리는 힘이
부족하면 상부 승모근 위주로 쓰기 때문에 어깨에
텔레토비 동산 두 개가 봉긋하게 생길 수 있어요.

그래서 준비한 꿀팁.

1. 플랭크 자세처럼 어깨 바로 아래 손을 두고
2. 무릎 윗부분을 바닥에 둡니다.
3. 팔뚝을 겨드랑이와 옆구리에 밀착해 팔꿈치가
허리를 스치듯이 내려오게 합니다.

샤르가즘

아침 아홉 시.

나 : 수련 완료!
그 : 식사 완료!
나 : 샤워 시작!
그 : 커피 시작!

나는 수련 후 뭔가를 먹는다. 그는 아침을 먹고 후식으로 커
피도 한 잔 마시고 운동을 하러 간다. 항상 그런 건 아니지만
자주 그랬다. 오전에는 늘 뭘 먹어야 할지 아득하다. 엄마가 차
려주던 따뜻한 밥이 그리워지면 일단 입맛이 외출 중이라는 뜻
이다. 요 며칠 감기로 입이 쓰기도 했지. 그럼 뭘 먹어야 잘 먹었

다 소문이 날까? (소문을 왜 낼까?)

배. 배를 먹었다. 배는 한 알에 2500원. 나는 세 알을 샀다. 감기에 걸릴 때마다 항상 배를 산다. 건강할 때는 배를 쳐다보지도 않는다. 배를 싫어하는 건 아니지만 떫은 심 부분이 너무 커서 칼로 쑤석일 때마다 아깝다는 느낌이 든다. 물론 좋아하는 과일이래도 자주 사지는 않는다. 비싸고 무거운 데다 너무 맛있어서 금방 없어지니까 허무하다.

배를 먹은 나는 지하철을 탔다. 경의중앙선은 언제나 눈앞에서 떠난다. 혹은 미친 듯이 달려서 겨우 세이프 하게 만든다. 예전에는 시간대를 알아보고 가늠한 후에 출발했지만, 2년이 넘자 그 짓도 피곤해졌다. 작년 겨울, 내 생일을 축하해주러 오던 친구가 열차를 기다리다가 감기에 걸린 적도 있다. 이제는 오면 오는 대로 타고, 놓치면 세월아 네월아 기다린다. 이 하늘색 노선만 아니라면 앞으로 어디로 이사를 가든 잘살 수 있을 것만 같다.

열려라 제발! 나는 스크린 도어가 열리자마자 달렸다. 아까 먹은 배가 다시 세상에 나오려고 몸부림치기 시작했기 때문이다. 뭐지, 이 미친 감각은? 화장실 문을 연다. 누군가 변기에 잭슨 폴록 작품을 만들어뒀다. 이래서 내가 공동 화장실을 싫어하지. 다른 문을 연다. 변기가 닫혀 있다. 이게 더 싫다! 확인해야 하는 상황. 그래도 어쩔 수 없으니 눈을 게슴츠레 뜨고 열어본다. 괜찮다. 앉는다. 소름이 오소소 돋으면서 나의 표정이 오묘하게 일그러진다.

일을 끝내고 나오자 애인이 보였다. 나는 그를 피해 달렸다. 그가 뒤따라온다. 나는 도망친다. 그렇게 스토커 놀이를 조금 한다. 그가 지친 듯 역내 의자에 주저앉는다. 나는 손짓한다. 그가 다시 온다. 나는 또 달리다 에스컬레이터에서 잡힌다.

"왜 도망쳐?"

"방금 샤샤 했어."

"냄새날까 봐 뛴 거야?"

"아니."

나는 천천히 설명했다. 내 위장 장애에는 두 종류가 있다. 첫째, 뷔페에서 여러 가지 종류의 음식들을 잡다하게 먹어서 속이 뒤틀렸을 때. 이 경우 이력이 화려하기 때문에 고통을 동반한 다이어리아diarrhea가 발생한다. 둘째, 산이 강하거나 차가운 과일 혹은 유제품을 빈속에 먹었을 때. 이 경우 대부분 헛구역질과 함께 위로 발사된다. 하지만 오늘은 달랐다. 괜찮은 척 머물다가 직활강하기 시작했다. 다행히 고통은 없었다. 놀랍게도 쾌락이 있었다. 갈아 만든 배가 한순간에 빠져나가자 온몸이 전율했다. 위장이 깨끗하게 비워진 느낌, 벅찬 자유로움, 애인을 마주하던 순간에도 그 절정이 사그라들지 않은 상태였다. "샤르가즘을 들키고 싶지 않았던 거군." "그러니까 이제 따뜻한 거 채우러 가자."

쌀국수로 정했다. 나는 양지, 그는 직화를 골랐다. 우리는 서로의 고기와 국물을 조금씩 나눠 먹었다. 밖으로 나오자 그가 춥다고 말한다. 목이 칼칼하다고도 했다. 추우니까 그냥 집으로 갈까? 그래. 후식으로는 녹차 크루아상과 러스크를 커피에 곁들여 먹었다.

그의 액정에 카톡이 떴다. 여자 이름이다. 그가 답장하는 모습을 지그시 지켜본다. 살짝 슬픈 느낌이 든다. 이 남자가 나만 좋아한다고 철석같이 믿고 있다가 발등 찍히면 어떡하지? 다른 여자 만나고 싶다고 하면 어떡하지? 그가 고개를 들어 내 얼굴을 읽는다. 노란 방바닥에서 벌떡 일어나 내 옆에 앉는다. 1.5인용 좌식 소파, 나는 처음부터 이게 마음에 안 들었다. 조금은 근사한 소파를 구입해주기를 바랐다. 그는 저 넓은 책상에서 그림을 그릴 테고 나는 여기에 앉아 책을 읽을 테니까. 하지만 이렇게 둘이서 나란히 쭈그리고 앉아 있으니 이것도 나쁘진 않네. 그를 만나고 이런 식으로 뒤바뀐 생각이 한두 가지가 아니다.

나는 아주 못된 여자친구였고 지금은 개과천선하려고 막 팔을 걷어붙였지만 뭘 어떻게 해야 할지 잘 몰라 눈알만 희번덕거리는 상태다.

그의 품에 가만히 안기자 그의 다리가 내 몸을 감는다. 내가 그를 품에 안자 그의 눈꺼풀이 닫힌다. 나는 눈을 크게 뜨고 흘러가는 구름을 응시한다. 뭉근하고 나른하며 게으른 햇살이 뜨겁게 내리쬔다. 회사원들에게 오후 세네 시는 영혼이 이탈하는, 인스타그램을 가장 많이 하는 시간이라지. 프리랜서(요가 강사)가 된 후부터는 이 시간을 가장 사랑한다. 시간마저 쉴 수 있는 시간. 갑자기 우효의 〈민들레〉가 듣고 싶다.

"나 감기 기운 있는 거 같아." 그가 말한다. 알고 있었다. 그는 아까부터 조금씩 내 감기를 가져가고 있었다. 나는 그의 몸에 붙은 감기를 잡아떼서 바닥에 던지고 짓밟는 시늉을 한다.

"근데 나 오늘 새 브래지어 입었는데……."

나의 감기는 완전히 그의 것이 되었다.

우르드바 무카 스바나아사나

Urdhva Mukha Svanasana

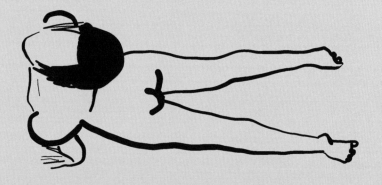

#upward_facing_dog #위를향한개자세

이 기나긴 이름을 외면 뭔가 힙하지만, 외계인
이름인가 싶고 형이상학적으로 느껴집니다.
산스크리트어의 매력이죠.
우르드바는 위를, 무카는 머리를, 스바나는 개를
뜻합니다. 강아지가 반갑다고 머리를 치켜든
모양을 닮았다고 붙인 이름입니다. 그래서
업 독Up Dog이라고도 합니다. 귀엽죠? 하지만 완벽한
업 독 또한 넘나 힘든 것! 차투랑가처럼 손과 발등만
이용해 몸을 들어 올려야 합니다. 발등을 누르면
허벅지가 바닥에서 살짝 떨어집니다.

흔한 실수인 허리를 마냥 뒤로 꺾는 후상방(몸이
뒤＋위로 향하는 힘의 방향성)은 요추에 압박을 줍니다.
우리의 목표는 전상방(몸이 앞＋위로 향하는 힘의
방향성)이기에, 가슴이 해감하는 조개처럼 자연스레
열릴 때까지 몸을 앞＋위로 끌어올리며 부드럽게
숨결을 넣어보아요.

우르드바 무카 스바나아사나

Urdhva Mukha Svanasana

그래서 업 독을 위한 기초 자세를 준비했습니다.
뱀 자세, 부장가아사나Bhujangasana입니다.

1. 팔꿈치를 접어 어깨 밑에 둡니다. 편안한 척추를
느껴봅니다.
2. 손을 어깨 앞에 두고 팔꿈치를 쭉 펴봅니다. 어깨가
으쓱 올라오지 않는다!
3. 다시 내려와 손을 가슴 옆 바닥에 댑니다. 팔꿈치를
등 뒤에서 모으며 올라옵니다. 어깨가 움츠러들지
않도록 하면서 가슴을 활짝 열어볼게요.

척추 마디마디 사이에 공간이 생기도록 가슴을 더
위로 끌어올리고, 어깨는 뒤에서 모아줍니다. 척추의
기지개로 강한 에너지stress가 정수리를 타고 올라가
자유롭게 퍼져나가는 걸 만끽해보아요.

그럴 때 있어

식빵 두 장을 오븐에 구워 딸기잼을 듬뿍 발라 먹었다. 오롯이 딸기잼을 먹기 위해서다. 달걀 두 알도 깨서 전자레인지에 돌린다. 파슬리를 살짝 뿌린다. 오롯이 비주얼을 위해서다. 배가 안 차서 남은 식빵 쪼가리도 오븐에 구워 딸기잼을 듬뿍 발랐다. 커다란 잔에 출렁대는 커피를 홀짝이며 생각한다. 엄마 밥 먹고 싶다. 애인 밥 먹고 싶다. 더 이상 혼자 살고 싶지 않다(룸메가 있지만 한 달에 서너 번 온다). 하지만 본가로 돌아가거나 결혼을 하거나 새로운 룸메를 구하고 싶지는 않다.

결론 : 혼자서도 잘 먹고 잘살아야 한다.

엊그제 본가에서 엄마와 성대한 점심(삼계탕, 불고기, 파김치,

카레)을 먹고 후식으로 커피와 치즈케이크를 먹었다. 고작 이틀 전인데 무슨 전생처럼 느껴진다. 덕분에 현재 나의 코딱지만 한 냉장고에도 불고기와 카레, 깍두기 등이 가득이다. 몇 시간 후 점심으로 먹겠지만, 엄마랑 먹을 때처럼 맛있지는 않겠지.

혼밥은 고양이 사료 같다. 어쩌다 타인과 츄르(고양이들이 환장하는 간식) 먹을 날만을 기다리며 꾸역꾸역 사료로 연명할 뿐이다. 끼니마다 번지르르하게 요리를 해서 예쁜 그릇에 오밀조밀 담아 혼자 맛있게 찹찹 먹는 사람들이 신기하다. 그들은 인스타에 허세 샷을 올리려고 그런 수고를 무릅쓴다고 하지만, 너무나 오래 지속된 1인분 생존 방식에 적응해버린 거 아닐까.

불고기 위에 수북하게 얹어진 당면을 보자 눈이 뒤집혔다. 나는 사흘 굶은 거지처럼 당면을 흡입하며 연신 맛있어 맛있어 중얼댔다. "천천히 먹어." 엄마가 거지에게 말한다. "근데 밥이 왜 이렇게 적어?" 거지는 애인에게 했던 것처럼 밥투정을 했다. "고기 많이 먹으라고."

나는 늘 밥을 조금씩 남겼다. 덜 먹으려던 게 아니라 그냥 조금 남기는 걸 좋아했다. 어릴 때 그런 짓을 하면 "너 저승 가서 그거 다 먹어야 한다"라는 핀잔을 들었지만, 이승에서 아빠나 남동생이 먹어주곤 했다. 요즘은 밥 한 공기를 다 먹어 치운다.

기왕 제대로 '누군가와 함께' 먹을 수 있을 때 든든하게 먹어둔
다. 원래 혼자 살면 이렇게 되는 걸까. 설마 나만 이런 걸까.

"그나저나 너 요가 강사는 언제까지 할 거니?" 다행히 후식
타이밍이었다. 식사 도중에 들었다면 체했겠지만, 이제는 아니
다. 당신의 본심을 알고 있다. 나는 농담 반 진담 반 대꾸했다.

"글쎄. 이번에는 타로나 해볼까?"

"타로? 법무사 와이프가 전화로 그거 한다더라."

"에이. 전화로 하면 사기지."

"꽤 번다던데?" 당신의 본심이 희미해졌다.

어느새 저녁. 야(내가 키우는 고양이 이름이다. 원래 이름은 '황
야')가 엄마의 발가락 냄새를 맡고 있다. 엄마가 내 집에 있다
니?! 작년인가 재작년인가. 한번은 서둘러 들어와 소변을 보고
나가신 적이 있다. 하지만 오늘은 차주가 잽싸게 공간을 비워주
는 바람에 주차를 하고 여유롭게 놀러 왔다. 엄마는 또 볼일을
본다. 어떻게 화장실이 이렇게 작냐며 감탄한다. 1평 남짓한 공
간에 변기, 세탁기, 세면대가 있다. 남은 4분의 1 공간에서 샤워
를 한다. 속으로 생각한다. 애인의 거대한 화장실보다는 낫다고.
그곳은 너무 춥다. 비염인 나는 그 화장실에서 엣취를 세 번 하
고, 나올 때마다 콧물을 줄줄 흘린다.

엄마가 작은 냉장고 앞에 쭈그려 앉아 반찬을 채운다. 불고기는 냉동실에 넣어둘게. 엄마가 위층을 연다. 어머, 너 밥을 이렇게 한 공기씩 얼려 먹니? 옆에는 먹다 남은 만두와 식빵이 꽝꽝 얼어 있다. 나는 불량 친구들과 놀다가 들킨 느낌에 사로잡힌다. 이번에는 아래층을 연다. 이 고추장은 다 뭐야? 종지 크기의 고추장 대여섯 개가 쌓여 있다. 인스턴트 비빔밥을 먹고 남은 걸 모아뒀다. 엄마가 수거해 간다. 헌 김치 위에 새 김치를 쏟아붓는다. "엄마, 김치가 그만큼 남으니까 너무 맛없어졌어. 왜 그런 거야?" 엄마는 살짝 웃으며 말한다. "그럴 때 있어."

이 멘트는 어릴 적부터 익히 들어왔다. 엄마, 나 오늘 ○○ 했어. 왜 그런 거야? 그럴 때 있어. 심지어 내가 아프다고 할 때도 '그럴 때 있어'를 썼다. 엄마는 아픔 전문가였으니까. 의문이 풀리지 않더라도 그 말은 자주 위안이 되었다.

아래층에는 콩나물과 어묵탕 재료, 먹다 남은 볶음밥-김치찌개-된장찌개 친구들이 있었다. 그들은 무료한 표정으로 엄마를 물끄러미 바라보며 댁은 누구쇼? 묻는다. 엄마는 친구들을 본 척 만 척 새로운 게스트를 입주시켰다. 삼계탕, 카레, 깍두기, 달래와 인삼(은 누가 달래)?

나도 질세라 여기저기 찬장을 열어젖히며 왜 있는지 의문인 단호박, 단팥, 율무차 따위를 꺼냈고, 아끼는 무말랭이 고추장

무침도 한 통 건넸다.

"딸, 어제 집에 가니 도라지꿀이 가방에 있어~ 딸이 준 홍삼
은 없어~ 집에 두고 온 듯?" "나도 파김치 없어~."

엄마, 그럴 때 있어~ 요가 강사 할 때.

아도 무카 스바나아사나

Adho Mukha Svanasana

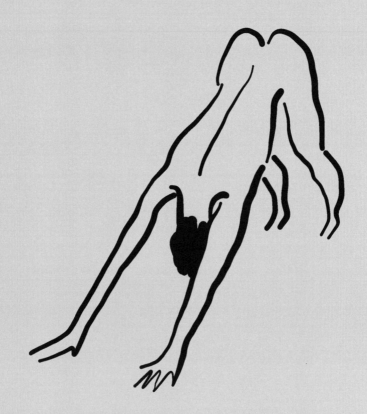

#downward_facing_dog #아래를향한개자세

아도는 아래를 뜻합니다. 아래를 보는 강아지
자세겠죠. 그래서 다운 독Down Dog이라고도 합니다.
이제 선생님이 조심스레 다가와 가슴우리(흉곽)가
덜 열린 학생의 등짝을 부드럽게 밀어줄 겁니다.
겨드랑이만 아래로 찍어 누르면 엎드려뻗쳐 자세가
되어 벌 받는 느낌이 들 수도 있으니, 손끝부터
골반까지 사선으로 시원하게 척추를 발사해봅시다.

내 척추 초큼 말린다! 역시 무릎 찬스가 있죠.
햄스트링(오금줄)이 짧을 경우 다리 뒷면이 당길 수
있습니다. 무리해서 무릎을 펴지 않아도 괜찮아요.
꾸준히 반복하면 가장 먼저 유연성이 좋아지는
부분이니까요.

대체 불가능한 존재

"너네 집 때문에 복층 로망 생겼어."

"어떤 점이 좋았어?"

"천장이 높으니까 뭔가 아이디어가 팡팡 솟아오를 것 같아.
그리고 치즈가 계단 오르내리는 모습도 너무 귀엽고."

"나는 투룸이 로망인데. 언니 합정이나 망원으로 이사 오면
안 돼?"

"지금 룸메랑 알아보고 있어."

"대박! 야랑 치즈랑 친구 해주자."

친구를 만났다. 어떤 친구? 예쁜 친구. 속물 같지만 이 친구를
수식할 수 있는 형용사는 다 이렇다. 예쁘고 늘씬하고 귀엽고
사랑스럽고……. 텔레파시나 외계인, 채널링channeling, 영적인 존재와

^의 교신 따위를 믿는다. 지금은 가물가물하지만 얘를 처음 만났던 4년 전의 나도 믿었던 거 같다. "오늘 아침에 수업하다가 갑자기 목소리가 쉬어버린 거야. 급성 인후두염이래. 정말 웃긴 게 요즘 많이들 걸리는 거래."

우리는 각자의 백반을 열심히 먹으며 대화했다. 세 계절을 지나 만났는데도 딱히 어색하지 않다. 목소리가 쉬어서 그런가— 예쁘고 늘씬하고 귀엽고 사랑스러운 상태에서—섹시한 지경까지 되었다. 약간 속삭이는 듯한 허스키한 목소리로 자신의 연애 상황을 이야기한다. 얼마 전까지만 해도 '대체 불가능한 존재'라 정의 내렸던 남자에 대해 다른 정의를 내리고 있다.

"이제는 더 좋은 사람 만날 수 있을 거 같아."

"정말?"

"나한테 주문을 거는 거지. 근데 언니, 대체 불가능한 존재가 과연 있을까?"

"없지 않을까? 애초에 우리가 만든 거니까."

나는 커피 친구는 라테, 각자의 후식을 들고 엘리베이터를 탄다. 대로변에 있는 오피스텔이다. 현관을 연다. 이럴 수가. 발밑을 보고 5분 정도 내적 비명을 지르며 발을 굴렀다. 손바닥만 한 고양이가 손바닥만 한 스크래처에서 발톱을 갈며 나를 올려

다보고 있다. 4년 전에도 본 적이 있다. 먼치킨이라 크기는 아기 때 그대로고, 얼굴만 성묘다. 털을 밀어서 그런가 살굿빛 몸통에서 스핑크스가 느껴진다. 치즈(애 이름)는 연신 내 가죽 가방에 자신의 머리를 비볐다.

30분 정도 넋 놓고 치즈만 관찰했다. 나는 치즈를 보며 계속 황야를 떠올렸다. 짧은 다리로 아장아장 걷는데, 걷는다기보다는 기어 다니는 느낌이다. 캣타워로 영차영차 올라간다(야는 개처럼 뛰어다니는데……). 울 때는 '야옹'이 아닌 '우웩' 소리를 낸다. 그것도 골초 같은 목소리로(야는 '엄마'라고 부르는데……). 간식을 조금씩 짜주자 앙증맞게 핥아먹는다(야는 이빨로 뚫어서 크림이 여기저기 튀어나오는데……).

"둘째는 먼치킨 키워볼까?"

"안 돼, 언니. 야가 싱크대 같은 데 올라가서 맛있는 거 먹을 때, 얘네는 밑에서 바라볼 수밖에 없잖아. 상대적 박탈감 같은 거 느껴서 우울증 걸린대."

문득 요가 수업이 떠올랐다. 비교되는 게 싫어서 요가를 안 하는 사람이 있고, 편애받는 게 좋아서 요가를 하는 사람이 있다(나다). 비교되는 게 싫었지만 비교를 동력 삼아, 편애는커녕 '당신은 안 되는 몸이다'라는 말을 들으면서도 계속 수련을 한 사람이 있다. 지금 그 친구는 대체 불가능한 요가 강사가 되었다.

대체가 불가능한 존재는 분명 있다(야와 치즈는 대체 불가능하다). 상대방을 대체하는 게 불가능하다면 나 스스로 대체 불가능한 존재가 되면 된다. 싱크대 같은 데 올라가서 맛있는 거 먹다가 배탈 나거나, 영영 쫓겨날 수도 있으니까. 대체 무슨 소리인가?

수리야 나마스카라 B

Surya Namaskara B

첫 줄은 지금까지 배운 수리야 나마스카라 A입니다.

아래 세 줄은 수리야 나마스카라 B입니다.

'월리'를 찾는 것처럼 변경·추가된 두 개의 자세를
찾아볼까요?

시시하게도 정답은 다음 페이지에 있습니다.

수리야 나마스카라 B

Surya Namaskara B

주황색은 의자 자세(웃카타아사나),

검정색은 전사 자세(비라바드라아사나)입니다.

치킨 전에 해야 해

『나는 그것에 대해 아주 오랫동안 생각해』라는 단편소설집을 읽었다. 매일 조금씩 섭취했다. 소설을 쓰는 이들은 수많은 인간 군상을 창조해내려고 각자의 일상 근처에 바싹 달라붙어 치열하게 관찰한다. 그렇게 잔뜩 그러모아 으깨고 녹이고 끓여서 책이라는 그릇에 정갈하게 담아내는 능력인지 재능인지 실력인지 천성인지 모를 그것을 나는 늘 리스펙트한다.

「춤을 추며 말없이」를 읽다가 예쁘장한 슬픔을 느꼈다. 차례 옆에 '슬프다' 적어두었다. 다정한 말이 뭉근하게 머물렀다가 사라진 자리에 혼자 남은 침묵은 늘 슬프다. 침묵을 헤아리느라 마음이 저리다.

슬프다.

소리 내어 읊조려본다. 내가 지금 슬픔을 느끼고 있는 건지 세 음절을 기계처럼 따라 읽는 건지 아리송해졌다. 발화하는 순간 '슬펐다'로 변한 것이다. 소설을 빌려 느끼는 타인의 슬픔은 그리 오래가지 않는다. '슬프다'가 '슬펐다'로 변하면서 슬픔에서 벗어나는 것일까. 과거형이 되는 순간 슬픈 건 역시 사랑이겠지. 하지만 이것도 '사랑했어(그때는 슬펐다)'로 흐르며 슬픔에서 벗어나는 거 아닐까. 아름답고 강렬했던 슬픔을 추모하는 건 중요하지만, 벗어나야 한다. 벗어나고 싶지 않다면, 달콤한 슬픔에 중독된 것이다. 가해자로 지목된 슬픔이 말한다. 이제 그만 나를 잊어. 너를 달래줄 수많은 명사들이 있잖아.

서울숲, 벚꽃, 맥주, 낮잠, 요가, 치킨, 넷플릭스……. 일요일에 나를 달래준 명사들이다. 혼자서 즐길 수 있다는 공통점이 있지만, 혼자 하면 조금 슬퍼지는 것들이다. 요가 빼고.

"근데 나 오늘 수련 안 했어. 치킨 전에 해야 해." 애인이 본가에서 가져온 매트를 깔았지만 수리야 나마스카라를 한 번 하고 바로 치웠다. 너무 두껍다. 세상에 이렇게 두꺼운 매트는 처음 봤다. 두께는 뭐 그렇다 쳐도 너무 미끄러웠다. 결국 맨바닥에서 했다. 땀이 조금씩 배자 수월해졌다. 그가 틀어준 음악에서는 존 케이지 느낌이 났다. 동작 하나하나가 현대무용으로 승화되는 듯한 연극적인 느낌에 취하기 시작했다. 간단히 수리야 나마스카라(시작 동작)만 하려다가 마무리 동작까지 하고 말았다.

그가 내 모습을 찍어 보내주었다. 등을 대고 누워 가부좌한 허벅지를 끌어안고 있는 모습이 마치 자궁 속에 있는 태아를 닮았다는 뜻의 자세, 핀다아사나^{Pindasana}다. 병도 주고 약도 주고. 내게 옮은 감기가 미미하게 남은 그는 치킨이 약이라고 했다. 프라이드와 양념 반반이 도착했다. 치킨을 먹을 때마다 놀랍다. 내가 치킨을 먹다니! 내가 닭튀김을? 엄마, 내가 치킨을 먹어! 속으로 외친다. "저는 치킨 안 먹어요." 말할 때마다 세상 무너지는 듯한 표정을 짓던 남자들의 얼굴이 떠오른다. 그들이 지금 내 모습을 본다면 배신감을 느끼려나.

"치킨을 먹게 된 계기가 무엇인가요?"

"치킨을 사랑하는 애인을 만나고부터입니다. 좋아하는 남자(소화제 혹은 보조제)와 함께 섭취하면 옆구리에서 치킨이 느껴지지 않습니다(라고 말하고 다니지만, 정확히는 아쉬탕가 수련 덕분이다)."

이 글을 읽으면 친구가 이렇게 말하겠지. "너네 치킨 때문에 싸운 적 있잖아."

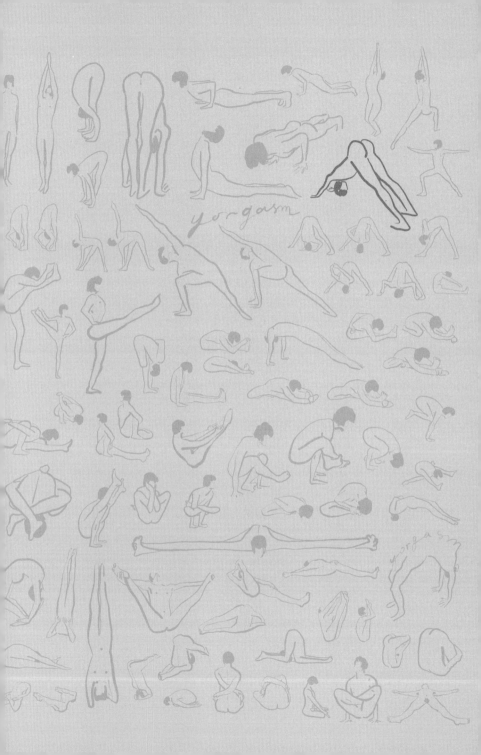

9

웃카타아사나

Utkatasana

#chair_pose #의자자세

수리야 나마스카라 A에서의 '양손 올리기' 자세가
수리야 나마스카라 B에서는 '양손 올리기+무릎
접기'로 바뀝니다.

이름만 들어도 '윽' 하는 느낌이 드는 웃카타^{utkata}는
강하고 거칠다는 뜻입니다. 스쿼트^{squat}처럼 허벅지를
폭파시키기보다는 상상의 의자에 살포시 앉아
아킬레스건과 정강이를 튼튼하게 만드는 데
집중해볼게요.

그래야 여한이 없을 거 같다

사랑하니까 기대를 하는 걸까? 아니, 사랑하므로 기대 같은 건
하지 않는 걸까? 둘 다 맞는 것 같기도 하고 둘 다 틀린 것 같기
도 했다.

—야마모토 후미오, 『러브홀릭』(창해, 2006)

"요즘 친구들 연애 상담해주고 있어.""뭐라고 해주고 있어?"
나는 늘 헤어지라고 말한다. 지금 하는 연애도 헤어지네 마네를
여러 번 거듭하며 여기까지 왔다. 하지만 이전 연애는 안 그랬
다. 헤어지면 정말 헤어지는 것이었다. 서로 붙잡고 그런 거 없
이 딱 끝.

가장 최근 이별 쇼는 이랬다. "헤어지자고 말해줘"라고 부탁
하고는 다음 날 밤 맥주 한 캔을 먹고 전화해 "나는 너랑 헤어

질 수 없어!" 주정을 부렸다.

결국 나는 헤어지지 못했다. 지금 이 글을 쓰고 있는 스타벅스 책상 앞에 애인이 앉아 있다. 아까 찍었던 사진을 전송하려는데 그의 폰 용량이 가득 차서 지우는 중이다. 그래서 에어드롭에 빨간 글씨로 '거절됨'이라고 뜬다. 그렇다. 그는 한 번도 내게 매달린 적이 없다. 내 이별 선언을 거절했을 뿐.

프랑스로 유학 갔던 친구가 잠깐 한국에 놀러 왔다. 1년 만의 재회였다. 우리는 짜장면을 먹었다. 그녀가 돌아가고 그 여름부터 메일 교환이 시작됐다. 나는 그녀의 산문으로 근황을 파악할 수 있었고, 카톡으로는 전할 수 없던 속마음을 알게 되었다.

찬찬히 친구의 글을 읽다 보니 내 글은 한없이 가벼워 보였다. 나는 우울하거나 절망에 빠졌을 때 글을 쓰지 못하지만, 얘는 해냈다. 진한 외로움이 생생히 전해졌다. 너무 잘 승화한 나머지 현실감이 떨어져 소설처럼 느낀 적도 있다. 내가 얘한테 해줄 수 있는 것이라곤 영상통화로 바보 같은 소리를 늘어놓으며 수다를 떨거나(에스트로겐이 증가할지도 모르니까) 시시콜콜한 내 일상을 써 갈겨 전하는 일뿐이었다.

오늘도 마찬가지였다. 햇살 가득한 창가에 앉아 점심을 먹으며 그녀가 보내준 글을 읽기 시작했다. 첫 페이지에서는 쿡쿡

웃었지만, 마지막 페이지에서는 젓가락을 내려놓고 굳은 얼굴로 앉아 있었다.

이 문장을 먹다가 체했다. "그가 원하는 것은 내가 입을 다물고 싱글생글 웃는 것이라는 것을 알게 되었다. 아니, 늘 조금은 알고 있었다." 뭔가 심상치 않다. 우리는 분명 각자의 연인을 아끼는 만큼 상처를 주거나 받거나 치유하며 열심히 관계를 이어오고 있다. 기본적으로 우리에게는 비슷한 가치관이 있다. 연애에는 거쳐야 하는 '과정'과 극복해야 하는 '단계'가 있다는 것. 내가 이별을 선언하건 그와 잘 지내보겠다 어쩐다 결심을 하건 얘는 늘 나를 응원해줬다. 더불어 그에 대한 욕도 조금 해줬다. 칭찬은? 할 수가 없겠지. 꽁냥꽁냥은 늘 예의상 생략하니까.

친구는 한 번도 이별을 선언한 적이 없다. 나처럼 극단적으로 "나 헤어졌어" 하고 통보한 적이 없다. 그래서 나도 선뜻 헤어지라고 말할 수 없었다. 고민을 털어놓는 그녀의 자세는 늘 관계를 개선하려는 쪽으로 향해 있었기 때문이다. 하지만 오늘 이 화두에서 나는 분기탱천하고 말았다. 참을 수 없어! 헤어져!

물론 섹스를 위해 연애를 하는 건 아니다. 다이어트만을 위해 요가를 하는 것도 아니다(그렇다면 굳이 요가가 아니어도 된다). 만약, 섹스와 요가 중에 고르라면 나는 당연히 섹스를 고를 것이다. 하지만 섹스에는 파트너가 필요하다. 그래서 혼자 즐길 수 있는 요가를 하는 것인가? 따위의 한심한 생각에 닿지만, 이것은 결코 한심할 수 없다. '지금' 우리에게는 너무나 중요하기 때문이다.

물론 요가의 장점은 많다. 육체적인 부분에 대해서는 매일 수업에서 약장수처럼 떠들어 대지만, 정신적인 이점에 대해서는 말하고 싶지 않다. 뭐랄까…… 시를 해석해주는 짓처럼 느껴진다. 언젠가 늙고 아프게 된다면, 연애도 우습고 다이어트도 우스운 날이 오겠지. 그러니 젊고 쌩쌩할 때

하고 싶고,

할 수 있는 걸,

하고 싶은 만큼,

실컷 해보는 게 좋지 않을까. 그게 뭐든 말이다. 그래야 여한이 없을 거 같다. 안타깝고 화가 난다. 나는 분명 눈을 부릅뜨고 죽을 것이다.

10

비라바드라아사나 A

Virabhadrasana A

신들의 우두머리인 시바와 그의 아내 사티의 신화에서
영감을 얻은 자세입니다. 어느 날 사티의 아버지가
거대한 제식을 거행했습니다. 초대받지 못했던 사티는
기어코 제식에 가서 괜히 굴욕감만 느끼다가 불에 몸을
던져 죽었습니다.

남편 시바가 이 소식을 듣고 화가 나 머리카락을
뜯어 땅에 던졌더니 비라바드라Virabhadra라는 영웅이
나타났습니다. 비라바드라는 시바의 명령을 받아
사티의 복수를 합니다.

사티는 우마라는 이름으로 다시 태어나고, 슬픔에 잠겨
깊은 명상에 들어갔던 시바를 찾아 다시 사랑합니다.
불멸의 로맨티스트 사티와 시바!

그래서 비라는 전사를 뜻합니다. 야근하고 빠진
머리카락 살며시 요가 매트에 던지며 외쳐봅시다.
시바!

#전사자세

1. 골반이 정면을 노려볼 수 있도록 두 발은 약간
사선이 좋습니다.
2. 무릎을 애매하게 구부리면 오히려 허벅지가
굵어진다는 소문이…… 그렇다고 과하게 구부리면

무릎이 앞으로 밀리면서 골반을 호떡처럼 찍어 누르게 됩니다. 딱 90도가 좋아요!
3. 갈비뼈가 벌어져 허리가 꺾이지 않도록 아랫배를 당겨 반다 알집을 만들어봅시다.

두 팔을 머리 위로 치켜들면 심장이 두근두근 활발히 펌프질해서 심혈관계를 강화시키고 정화시키며 어깨 결림까지 없애줍니다.

"어? 저는 오히려 어깨가 아픈데요?"
"어깨를 추켜올리셨네요! 양쪽 어깨 위에 귤 하나씩 들어갈 공간을 만들어주세요."

사족이 길었다

　수업은 수련이 아니다. 시범을 보이거나 함께 자세를 취하는 와중에도 계속 입을 열어 말하기 때문에 깊은 호흡을 할 수 없다. 요가는 말 그대로 '이렇게 저렇게 묘기처럼 자세를 취했음에도 불구하고 숨 쉴 수 있어?' 테스트기 때문에 '숨쉬기운동'이라 불러도 무색하지 않다. 인간은 숨을 안 쉬면 뒤지고 '제대로' 안 쉬면 조금씩 뒈져가기 때문이다.

　사족이 길었다. 아무튼 이번 주 월화수 수련을 쉬었다. 오늘은 목요일이다. 월요일에는 애인과 보드카+토닉 워터를 마시며 응봉산(보다는 응봉 동산)에 올라갔다. 언덕 중간에 운동기구에서 장난을 치다가 손가락을 찍혔고, 나는 피가 흐르는 세 번째 손가락을 흔들었다. "한번 빨아줘." 그가 말했다. "이렇게 사람 많은 곳에서는 빨아주고 싶지 않아."

아니 벌써 정상인가. 비정상적인 정상의 팔각정 근처 벤치에서 김밥을 먹었다. 나는 엊그제 만났던 예쁜 친구 이야기를 조잘조잘 지저귀고 있었다. "친구가 기모노를 입고 신사를 참배? 아니, 구경하고 있었는데 C가 나타나서 번호를……." "친구가 친일파였어?"

산에서 내려와 따릉이를 탔다. 오후에는 예정대로 스타벅스에서 각자 선물받은 쿠폰(커피 네 잔+케이크 두 조각)을 쓰고 네 시간을 뽀개며 각자의 아이패드로 작업을 했다.

저녁에는 훠궈를 훠훠 불며 우궈우궈 먹었다. 회전판 위로 돌아가는 건더기를 이것저것 집어 냄비에 투척했더니 5만 원이 나왔다. 가위바위보! 해서 진 사람이 내자. 애인은 한 판만 하자고 했고, 나는 삼세판을 하자고 우겼다. 첫판은 내가 이겼다(그냥 한 판만 할걸). 2:2 비긴 상황, 그가 주먹을 냈다. 심지어 그가 먼저 냈음에도 나는 가위를 냈다. 머릿속에서 '가위를 내자' 확고히 결심한 상태라 그의 주먹을 보고서도 가위를 낸 것이다. 나는 분해서 남자의 등판을 두들겼고, 흠씬 맞은 그가 카카오페이로 2분의 1을 송금해줬다.

사족이 길었다. 아무튼 그렇게 배부른 상태에서는 '숨쉬기운동'을 할 수 없어 수련을 쉬었다. 대신 숙면에 좋은 운동을 함께

했다. 심지어 꿈에서도 운동을 했다. 암살자 목록을 외우고……
탈출하고……. 나는 친일파를 죽이는 독립운동가였다.

화요일은 피터팬에 방을 올렸다. 급한 대로 내 방 사진만 올
렸는데도 사람들에게 연락이 왔다. 나는 차례차례 그들의 번호
를 저장했다. 방보러1, 방보러2, 방보러3, 방보러4, 방보러5, 방보
러6, 방보러7. 성은 '방'이요 이름은 '보러'들.

저녁에는 수업을 했다. 보러들이 화장실과 부엌을 보여달라
고 성화여서 부랴부랴 귀가해 사진을 찍어 전송했더니 어느새
자정이었다. 지친 나는 쓰러지듯 잠이 들었다. 꿈에서도 방보
러8, 방보러9, 방보러10…… 방보러100에게 연락이 왔다. 보러들
의 질문을 상대하고 전화를 받고 방문 스케줄을 맞추느라 피곤
했다. 중개업자 아무나 하는 거 아니었구나. 나 혼자 떠들며 요
가 강사하던 시절이 좋았구나. 꿈속에서 이렇게 중얼대며 현실
을 부러워했다.

수요일은 보러들이 찾아왔다. 첫 번째는 방보러4였다. 그녀는
친구와 함께 왔다. 나는 연신 그들을 따라다니며 '여자 혼자 살
기에는 좀 그런 집'이라 강조했다. "오늘은 하이페리온 쪽으로
오셔서 그렇지 지름길 언덕은 좁고 험하고 밤에 어둡고 어쩌고
쫑알쫑알……." 도대체 방을 팔려는 건지 안 팔려는 건지 모르
겠다는 듯 그녀들이 아리송한 표정으로 나를 쳐다봤다.

"괜찮아요. 다들 저 남자로 봐요." 스포츠머리에 청바지, 걸걸한 목소리와 당찬 움직임, 그제야 그녀가 다시 보였다. 보러4는 현재 옥탑에서 먼치킨과 살고 있으며 인테리어 일을 한다고 했다. 혹시 옥탑으로 이사를 간다면 가벽이 아닌지 꼭 확인하라고. 그래야 여름에 덥고 겨울에 추운 걸 면할 수 있다고. 팁을 주셔서 감사했지만, 옥탑에 가고 싶지는 않았다. 그녀는 여기저기 방 사진을 찍으러 다녔고 부모님께 보여드린 후 결정해야 한다고 했다.

"오늘 두 분이 더 오신다고 했는데 괜찮으시겠어요?" "네. 괜찮아요. 급한 사람들이 먼저 하셔야죠." 쿨하게 말하고는 쏜살같이 사라졌다. 안 되는데! 곧 남자가 보러 오기로 했는데! 일부러 시간도 맞췄는데(보러4는 열두 시, 보러1은 열두 시 반, 보러7은 한 시!) 그들은 괜찮았겠지만, 나는 안 괜찮았다.

보러1은 차가 밀린다며 조금 늦게 도착했다. 그는 일곱 명 중 가장 먼저 연락한 유일한 남자다. 그에게서 전화가 왔다. 근처입니다. 저 멀리 그가 보인다. 나는 대문 사이로 눈만 내밀어 그를 주시했다. 그는 가로등 밑에서 '양심의 거울'을 올려다보며 자신의 머리와 옷매무새를 가다듬고 있었다. 나를 발견하더니 멋쩍은 듯 계단을 내려온다. 강렬한 인상의 젊은이다.

사족이 길었다. 아무튼 보러1은 잘생겼다. 잘생기셨으니 여자 혼자 있는 집에 들여도 괜찮다(?). 그는 캐나다와 호주에서 살다가 귀국했다고 했다. 한국말이 어눌한가? 그건 또 아니었다. 말투가 어눌할 뿐. 그는 화장실에 들어가 샤워기를 틀어보고 변기 물을 내려봤다. 부끄러운 듯 웃으며 "친구들이 시켜서……"라고 말했다. 귀여웠다. 나는 친절하게 "그 변기 레버, 소변은 아래로 내리고 대변은 위로 올리면 돼요." 말하자마자 후회했다. 초면에 변기 수압을 논하다니…….

다행히 그는 (집을) 마음에 들어 했다. 큰방에서 내려다보이는 한강 뷰를 보면 어쩔 수 없는 것이다. 이런 뷰를 가진 집은 —아파트를 제외하고—서울에 얼마 남지 않았다. 그렇다. 이곳은 재개발 지역이며, 최근에 개발이 인가되었다. 하지만 2년 6개월 정도 남았기에, 계약에는 무리가 없다. (보러1과 함께 조합원에 가서 물어보고야 알았다.)

"근데 제 오토바이가 이 계단을 견딜 수 있을지……." 보러1은 마지막까지 이 문제를 고민했다. 결국 골목 어딘가에 오토바이를 대 놓기로 결정하고는 100만 원 가계약을 즉각 체결하고 떠났다.

나는 나머지 보러들에게 이 안타까운 소식을 전하며 덧붙였다. '여기는 정말 여자 혼자 살기에는 위험한 집이에요!'

며칠 전, 수련을 마치고 휴식을 취하다가 잠깐 잠이 든 적이 있다. 그때 남자의 외침에 깜짝 놀라 잠에서 깼다. 그것은 현관 사이로 입을 들이대고 낸 소리가 분명했다. 꿈인가? 요새 꿈을 많이 꿨던 나는 잠깐 생각했다. 아니었다. 야가 현관 앞으로 조르르 달려갔기 때문이다. 야는 늘 작은 소리도 호기심에 차서 경계한다. 회색비가 내리던 음울한 아침이었다. 나는 또 몸이 곱았다.

어쩌면 보러들이 이렇게 생각했을 수도 있다. '하, 여자 혼자 살기에 안 위험한 곳이 어디 있어.' 여기 있습니다. 빈집이 증가했지만, 오히려 광인의 언덕이 되어버린 이곳.

시계를 보니 두 시다. 나는 늦은 점심을 먹으려고 된장국을 끓였다. 냉장고의 터줏대감이던 달래를 처리하기 위해서다. 냄비에 물과 된장 파우치를 푼다. 두부, 대파, 달래, 양송이버섯, 느타리버섯을 먹기 좋게 썰거나 뜯어 넣고 청양 고춧가루를 추추춧 뿌렸다.

저녁에는 가죽 공방에서 에디터로 일하는 친구를 만나러 나갔다. 신설동역에서 만나 안암역까지 1.3킬로미터를 걸었다. 메뉴를 정하는 데 한참이 걸리는 자들은 이렇게 하염없이 걷다가 배가 고파 눈이 뒤집히기 직전에 아무 데나 들어가는 것이다. 그렇게 우리는 인도 음식점으로 돌진했다. 요가 강사 뭐시기라서가 아니라 단순히 '난'을 좋아하기 때문이다. 인도에 다녀온 적이 없는 나는 만트라를 외거나 산스크리트어 용어를 매일 사용하면서도 요가와 인도를 연결시키지 못한다.

음식은 훌륭했다. 서빙하던 알바생이 에릭남을 닮아서 더 훌륭했다. '1인 1가정 에릭남'이 무슨 소린가 싶었는데 납득하고 말았다.

"벌써 열 시네. 가야겠다. 언덕이 어두워지면 광인이 출몰해." "잘 가 헨님! 노잼인 부분 꼭 말해줘!" 우리는 각자의 오른손을 흔들며 사라졌다. 나의 왼팔에는 친구의 장편소설이 있다. 올여름에 제출하면 가을 즈음 결과가 발표된다고 했다. 대상은 5000만 원. 친구는 그 돈으로 무엇을 할지 아주 디테일하게 설명했다. 나는 그녀의 단호박에 얼이 빠졌다. 만약 내게도 그런 거금이 생긴다면……? 인도 마이소르에 가보고 싶다.

사족이 길었다. 결국 친구를 만나고 돌아온 이날 밤도 수련을 거르고 잠이 들었다. 한국에서도 안 하던 수련을 인도에 가서 하겠다고? 꿈도 야무지다.

사족이란, 화사첨족畫蛇添足. 뱀을 그린 후 발을 덧붙여 그려 일을 그르친다는 뜻이다. 어차피 상상의 그림인데 발 정도 그려도 되지 않을까? 빨간 구두도 신기고…….

2부

이것은 요르가즘이 아니다

그때 깨달았다.
어떤 장르의 요가건 배움을 위해서는
그것을 전하는 '구루'가 필요하다.
제대로 된 구루를 통해서가 아니라면 그것은 구라다.

11

파다하스타아사나

Padahastasana

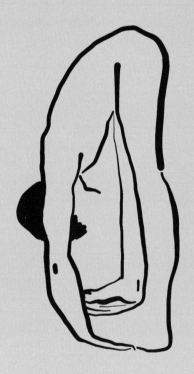

파다^{pada}는 발, 하스타^{hasta}는 손입니다. 손바닥에
발 냄새가 스며드는 시간. 이래서 요가 전에 발도
깨끗이 씻어야 합니다.

1. 다리는 골반 너비, 주먹 두 개가 들어갈 정도로
벌려주세요.
2. 손을 발밑에 넣어줍니다.
3. 숨을 마시며 척추를 폅니다.
4. 내쉬는 숨에 몸을 접습니다.

등이 굽을 때는? 역시 무릎 찬스죠. 무릎을 펴고도
배와 허벅지와 가깝다면 더 깊은 전굴을 유도해볼게요.
엉덩이를 앞으로(체중을 앞으로) 보내며 뒤꿈치를
눌러줍니다.
돌아올 땐 양손으로 허리를 잡고 무릎을 가볍게 접으며
올라옵니다. 무릎을 쭉 편(잠근) 상태에서 무거운
몸통을 들어 올리면 요추에 부담이 가거든요. 앞으로
배울 모든 자세에서도 무릎을 살짝 접으며 동작을
바꾸는 센스가 필요합니다. 일상생활에서 틈틈이
습관을 들여보세요. 가령 스마트폰을 바닥에 떨궜을 때
천천히 무릎을 접으며 주워봅니다. 깨진 액정은 갈면
되지만, 허리는 평생 써야 하니까요.

잠이 오지 않으면 술을 맛있게 마셔

집착, 안정에 대한 집착, 오랜 짝사랑, 건방진 겸손, 간사한 마음, 낭비된 자아, 내겐 나쁜 일이 생기지 않을 거란 오만함, 차라리 후회하길 바라는 마음, 주변을 불편하게 하는 인내심, 인생을 짧은 말로 정리하려는 강박, 그렇게 정리할 수 있다는 착각, 시간에 기대려는 나태함, 행운을 모아 두지 않는 조급함, 행운을 폄훼하는 심술, 눈을 흘기는 습관, 질서에 대한 모순적 태도, '사람들'에 대한 편견, '사람들'에 대한 공포, 이해할 수 없는 것을 이해하려는 편협함, 비겁한 호기심, 무기력함, 제목 없음.

—김종완, 『커피를 맛있게 마셔 잠이 오지 않으면』(2018)

불금에 마신 술이 주말 내내 몸 안을 돌고 있었다. 출구 없이 빙빙. 수련으로 땀을 빼고 나니 그제야 묵직했던 머리와 몸뚱이가 가벼워졌다. 해장 요가가 따로 없군.

밤을 불태우며 '호스트 역할'을 대신해준 애인이 오후 세 시까지 늘어지게 잤다. 그동안 나는 피터팬을 뒤졌다. 눈독 들이던 집들이 순식간에 사라지니 마음이 조급해졌다. '이렇게 사기가 올랐을 때 방을 얻어야 한다. 어제처럼 미세먼지 세상으로 엄마를 끌고 다녀서는 안 된다. 게다가 월요일부터는 연재가 시작된다. 분명 나는 거기에 에너지를 쏟을 것이다. 그러면 수련도 못 하고 핵망…….' 토요일 아침 녹진한 심신으로 잘도 이런 생각을 하고 있었다.

"순댓국 먹고 싶다." 애인이 깨어나 웅얼거렸다. 나는 잽싸게 순댓국을 주문했다. 역시 배달의 민족은 빨랐다. 내가 묵묵히 스마트폰으로 노닥거리고 있었기에 그는 전혀 몰랐을 것이다. 애인의 얼굴에 놀라움과 감동이 스몄다. 그는 내게 멋지다고 말했다.

용기에 쪽지가 붙어 있었다. '요청 사항을 보고 주방장님과 한참을 고민하다, 둘 다 머릿고기를 빼고 순댓국엔 순대 많이, 소머리국밥에는 순대를 따로 드렸어요. 고심 끝에 내린 결론인데 과연 정답일지 기대됩니다. 맛있게 드시길 빌게요.'

짧은 시간에 뭘 또 요청했어? 애인이 또 놀란다. 괜히 그들을 고민하게 했나 조금 미안해졌다. 사태를 설명하자면, 내가 좋아하는 당면은 소머리국밥에만 있었다. 하지만 소머리국밥에는 순대가 없다. 순대는 좋아하지만, 머릿고기를 좋아하진 않는다. 그래서 머릿고기 대신 순대를 달라고 요청한 것이다.

아쉽게도 그들은 정답을 맞히지 못했다. 내 소머리 국밥에는 여전히 머릿고기가 들어 있었기 때문이다. 하지만 따로 담겨 온 순대가 새로운 답이었다. '감사합니다! 맛있게 먹었어요! 해장에는 역시 순댓국!'이라는 리뷰는 아직 안 썼다.

방구석에 붙은 화이트보드에 어제의 흔적이 남아 있다. 초대된 다섯 명의 생년월일 옆에 타로 번호가 적혀 있는 걸 보니, 취한 내가 각자의 '평생 카드'를 읽어준 듯하다. 내 이름 옆에 누가 'YAMANG'이라고 썼다. 내 평생 카드가 4번(황제 카드)이기 때문이다.

- 썸을 타자는 거야 말자는 거야.
- 쉽고 편하게 운명이라고 말하는 게 아니라. 그치들을 이해하게 됐어.
- 그게 믿음의 첫걸음이다.
- 행복에는 정답이 없다.

같은 문장들도 적혀 있었다.

그의 친구들은 재밌었다. 친구1은 내일 아침 북한산 모임이 있다며 초반부터 막차를 타고 귀가하겠다고 엄포를 놓았지만 놀다가 자정을 넘겼다. 그럼 택시를 타겠다며 우기다가 친구들이 못 가게 붙잡자 마지막으로 한 잔만 마시겠다며 술을 섞어 입에 털더니 이내 고꾸라졌다. 잠시 나자빠져 있다가 벌떡 일어나 테이블을 치는 바람에 컵 하나가 떨어져 깨졌고, 애인이 고무장갑을 끼고 치웠음에도 불구하고 손가락에서 피가 났다. 이걸 보고 놀란 나는 오빠1에게 눈을 흘겼지만 그는 고개를 숙이며 연신 미안하다고 사과하다가(사실 사은품이었는데) 소파에서 잠들었다. 오빠1은 다음 날 아침 일곱 시경 제집으로 돌아가 씻고 준비하고 등산을 갔단다. 대단하다. 그런 마인드로 썸도 타면 잘할 텐데!

이런 식으로 연애 이야기가 오갔다. 친구1은 평소와 달리(애인의 말에 의하면) 속얘기를 많이 했다. 덕분에 나는 반성의 시간을 가졌다. '남은 몰라도 사랑하는 사람에게는 상처 주면 안 돼.' 오빠1이 말했다. 나는 그런 게 연애다 어쩌고 그랬지만, 다음 날 아침 그의 말을 되새김질하다가 뼈를 발견했다.

어젯밤 우리는 한방 통닭을 먹었다. VIP인 나는 웨이팅 리스트에 이름을 적지도 않고 5분 안에 하이패스로 입장할 수 있다고 전부터 자랑을 늘어놓았었다. 하지만 오늘은 들어가서 먹을 수 없었다. 집 열쇠를 본가에 두고 왔기 때문이다. 그래서 담을 넘고 열쇠 수리 기사님을 불러 문을 열었다. 일찍 도착한 애인을 집에 두고 통닭 다섯 마리와 친구들을 픽업해 왔다.

"자, 이제부터는 서울에서 절대 볼 수 없는 재개발 지역을 탐험해보시겠습니다." 안내하며 광인의 언덕을 올랐다. 가파른 부분에서는 "여기는 햄스트링 운동 구간입니다." 중얼중얼…….

날이 따뜻해 창을 열었더니 거대한 보름달이 우리를 노려보고 있었다. 그렇게 분위기에 한번 거나하게 취하고, 먹고 마시고 떠들면서 꼴라가 속출했다.

아쉬탕가에서는 문 데이moon day에 수련하지 않는다. 70퍼센트가 물로 이뤄진 인간의 몸은 달이 가득 차거나full moon 기울 때new moon 영향을 많이 받기 때문이다.

설마 술도 잘 취하게 되는 걸까.

12

웃티타 트리코나아사나 A

Utthita Trikonasana A

웃티타^{utthita}는 뻗은, 트리^{tri}는 3을, 코나^{kona}는 각도를 말합니다. 한마디로, 쭉 뻗은 삼각 자세라는 뜻이죠.

1. 발과 발 사이의 거리는 본인의 다리 길이에 맞추면 됩니다.
2. 오른발은 측면, 왼발은 정면에 둔 상태로 뒤꿈치는 일직선으로 맞춥니다.
3. 숨이 '척추'를 통과해 오가는 느낌을 만끽하며 다섯 번 주의 깊게 호흡합니다.

고관절을 여는 자세기 때문에 가슴과 골반이 정면을 향해야 합니다. 억지로 발가락을 잡게 되면 **몸이 중앙으로 구겨집니다.**
이 자세에서는 복부의 장기들이 자극되어 소화력이 좋아지고, 혈액순환이 잘 되고, 고관절이 유연해지고, 다리 어깨 척추의 인대 탄력성이 좋아지고, 발목 코어 다리가 강화되고, 목과 등의 통증이 완화되지만······
몸이 구겨지면 오히려 역효과가 일어납니다.

몸이 구겨지지 않도록!
1. 골반을 측면으로 밀면서 손은 무릎-정강이-발목 순으로 내려가며, 상체가 앞으로 기울거나 엉덩이가

뒤로 빠지지 않는 위치에서 머물게요. 다리를 잡으면 막 기대고 싶어지니까 '손등'으로 밀어냅니다.

3. 손끝을 응시하면 어깨와 목의 근육을 정렬할 수 있습니다만, 너무 경직된다면 고개를 떨구고 바닥을 봅니다.

2. 수직으로 쭉 뻗어 올린 손! 좋아하는 사람이 위에서 끌어올려 준다는 느낌으로 가슴을 활짝 엽니다.

모가지가 길어서 웃픈 짐승이여

1. 목
2. 허리
3. 무릎

　수련할 때 내가 주의해야 하는 Top 3다. 요즘은 고난도 자세를 연습하지 않기 때문에 허리는 딱히 신경 쓰지 않아도 된다. 하지만 예쁜 친구에게 자세 테스트를 받았을 때, 내 몸은 앞으로 기울어 있었다.

　"눈을 감고 서서 발바닥의 삼각점(엄지, 새끼, 뒤꿈치)에 체중을 분산시켜볼게요." 수업할 때는 이렇게 말하면서, 정작 본인은 앞으로 발사되고 있었다. 엎친 데 덮친 격으로 골반도 살짝 앞으로 기울었다. 나는 원래 골반이 앞으로 기운 전방 경사였다.

이걸 고치기 위해 노력하다가 후방 경사가 되어버렸다. 이걸 고치기 위해 애를 쓰다가 다시 전방 경사로 돌아온 것이다. 뭔가 골반에게 농락당한 기분이 들지만, 그만큼 내 평소 습관으로 골반을 자유자재 움직일 수 있다는 뜻 아닐까(잠시 착각해본다). 골반을 원래 위치로 당기고 뒤꿈치로 체중을 실었더니 무릎에서 나던 '띡' 소리가 멎었다.

"언니는 보통 사람보다 목이 길기 때문에 더 주의해야 해." 예전에 가벼운 교통사고를 당한 적이 있다. 엄마 차 안이었고, 뒤에서 다른 차가 다가와 살짜쿵 부딪혔다. 엄마는 만약을 대비해 검사를 하자고 했고 나는 단지 목만 살짝 삐끗했다. 사실 그건 삐끗도 아니었다. 베개가 높거나, 잠을 설치거나, 목을 조금이라도 크게 돌리면 늘 삐끗 상태였기 때문이다. 설마 목뼈가 하나 더 붙은 건 아니겠지(경추는 일곱 개다). 엄마가 '할머니 용어'를 섞어 내가 목이 긴 이유를 설명해줬다. "어렸을 때 아가리 처 벌리고 울어서 그래."

그래서 언니랑 동생보다 빠른 속도로 목을 가꾸기 시작했다고. 신빙성 있다. 빽! 우는 시늉을 해보면 흉쇄유돌근이 도드라진다.

할머니 용어가 나와서 말인데, 150센티미터 남짓한 할머니는 나를 볼 때마다 '아가리 처 벌리고 울던 게 언제 저렇게 커서 불여시(불여우)가 됐어.' 내가 뭐라 뭐라 대꾸하면 '지랄하고 자빠졌네' 말씀하신다. 나는 늘 할머니에게 반골 기질을 품었었다. 며느리 시집살이에 너무 심취하셨기에 우리라도 나서서 할머니 골탕 먹이기 대작전을 펼칠 수밖에. 신발 신고 계실 때 달려가 엉덩이 밀기, 화투 치거나 공기놀이 하다가 지는 사람 꿀밤 먹이기 등등.

언니와 족발을 뜯으며 내가 목이 긴 이유를 전했다. 언니는 숨넘어갈 듯 웃어댔다. 조카가 아직 완벽하게 목을 가누지 못하는 상황에서 내 얘기가 흘러나온 것이다. 게다가 목도 못 가누는 아기에게 할머니(나의 엄마)는 뒤집기를 연습시키고 있었다.

언니는 고추장 불고기를 토닥토닥 재우고, 엄마는 오이소박이를 만드느라 바쁜 일요일 오후였다. 나는 조카를 안고 노래를 불렀다. 잠투정을 하다가도 노래만 불러주면 뚝 그치는 물탱이다. 매일 빽빽 울었다는 나에 비해 얘는 천사다. 울음소리가 정말로 '응애!'라 놀랐고(너무 귀여워서 계속 듣고 싶었다) 웃음소리는 '응애헤헤'다.

뭐지? 언니 얼굴을 가만 응시하다가 뭔가 휑한 느낌을 받았다. 아, 언니의 앞머리가 듬성듬성 사라지고 있었다. 왜 그러냐고 걱정스레 물었다. 언니는 슬슬 웃으며 호르몬 때문이라고 했다. "아기 낳으면 원래 이렇게 되는 거야." 셔츠를 들춰 올리며 층층이 늘어 터진 살도 아무렇지 않게 보여준다. 아침마다 '내 스타킹 어디 갔어' 구시렁대고 야근을 밥 먹듯이 하던 언니가 갑자기 버섯의 종류를 논하는 어른(생활의 달인)이 되어 '육퇴(육아 퇴근)를 하고 있다. 이상하다.

'나도 이사 가야 해. 곧 만기라서……' 투덕투덕 쌓인 아기 짐 때문에 말끔했던 신혼집이 좁아졌다. 보행기도 곧 올 테고, 누워 있던 아기가 걸음마를 시작하면 이리저리 싸돌아다닐 공간도 필요하다.

언니처럼 전세로 가려면 최소 1억이 더 필요하다. 정말이지 혼인신고라도 몰래 하고 싶을 지경이다. 할머니 용어를 섞어 지금의 심경을 표현하자면…… "대출 못 해서 슬픈 짐승이여. 이제는 아가리 처 벌리고 처 벌어라."

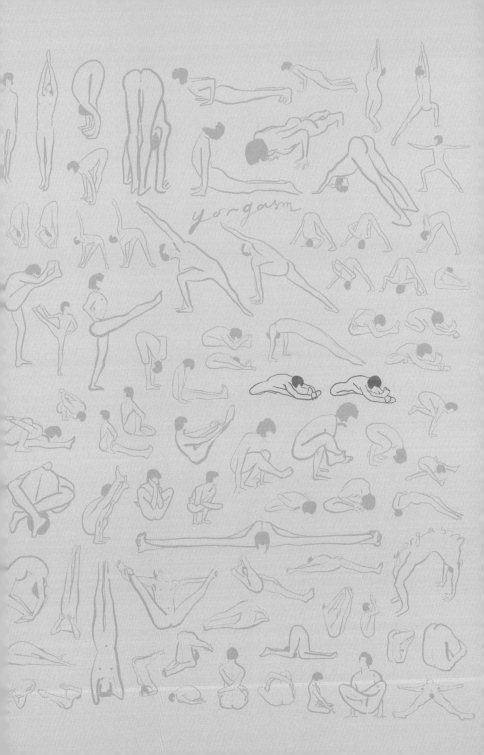

13

웃티타 트리코나아사나 B

Utthita Trikonasana B

'파리브리따 트리코나아사나'라고도 부르는 이 자세는
첫 '회전' 자세입니다. 그래서 파리브리따parivrtta는
'회전'을 뜻합니다.

상상력을 발휘해볼까요? 청소기로 빨아들이듯 복부를
당기면 골반 안쪽에 공간이 생깁니다. 그 여유로
척추 마디마디를 부드럽게 늘릴 수 있죠. 이제,
꼬리뼈에서부터 정수리까지 매끈한 선을 느껴봅니다.
반복적인 수련으로 등허리가 펴지면 뻗어 올린 팔이
마시멜로처럼 부드러워지고 가슴이 위로 확장되면서
호흡이 깊고 청명해지는 걸 느낄 수 있어요.

1. 골반은 바닥과 평행, 요추는 수평 상태를 유지하면서
오직 '흉추'만 회전하도록 제한합니다. 다 같이 마구
돌아버리면 몸이 구겨집니다. 머리가 앞툭튀, 골반이
옆툭튀 하지 않도록 섬세하게 조율합니다.
2. 왼손이 새끼발가락 옆으로 착륙할 수 없다! 그럼
엄지발가락 앞에 착륙합니다.
3. 예상하셨겠지만, 그래서 우리에게는 무릎 찬스가
있습니다. 무릎을 펴는 것보다 허리를 '회전'시키는 게
더 중요하니까요.

호흡이 끊어질 정도로 힘들고 완벽한 자세보다는,
숨결을 음미하며 한 걸음씩 나아갈 수 있는 수련이
건강한 측굴로 가는 지름길입니다.

소라게 생존법

소라게는 몸뚱이가 자라 제 껍질이 비좁아지면 필사의 탈출을 서두른다. 껍질을 벗어야 하는 순간을 놓쳐버리면 그 껍질 속에 갇혀 죽기 때문이다. 옛 껍질을 버리고 새 껍질을 얻으면 그 껍질의 크기만큼 생명을 연장할 수 있기 때문에 맨몸으로 사활을 건 탈출을 감행하는 것이다.

—자연, 『타로로 묻고 인문학이 답하다』(청어람미디어, 2017)

엄마와 함께 성동구에 있는 집 여덟 군데를 돌았다. 벌써 기억이 희미해진 걸 보니 충격이 심했던 모양이다. 도저히 인간이 사는 집이라곤 상상할 수 없는 그런 곳도 있었다. 금방이라도 쓰러질 듯한 할머니가 손을 덜덜 떨며 '아니, 이게 왜 이래' 중얼거리시며 문을 열려 했고, 보다 못한 중개업자가 열쇠를 가로채

문을 열었다. 나는 말문이 막혀 두리번거리다가 잘 봤다며 얼른 나왔고, 엄마는 꼭 볼일을 보고 나왔다.

계속 드는 생각은 '방이 너무 작다.' 그럴 만하다. 고작 보증금 2000. 투룸이라 해봤자 작은 방에 한 사람 누울 공간도 없으니 창고로 쓸 수밖에. 룸메와 나는 각자의 작업 공간이 필요하다. 최소한 수면실과 작업실을 나누더라도, 둘이서 누울 공간은 있어야 하는데. 우리는 신혼부부가 아니라 안고 잘 수도 없는데. 그렇다. 두 다리 뻗고 살 만한 곳은 최소 월세 70은 줘야 했다. 룸메가 한 달에 서너 번 오는 점을 상기하면 월세 부담도 덜고 고맙긴 하지만, 혼자 사는 느낌이 싫다. 그래서 예쁜 친구가 사는 망원동으로 이사를 갈까 잠시 고민했던 것이다. 하지만 망원동은 더 비쌌다. 80은 줘야 풀 옵션이다. 그녀가 사는 복층 로망은 전세 1어어억…….

'요가 수업 열두 번 하면 월세 낼 수 있는데…….' 고민에 빠진 내 모습을 눈치챈 중개업자가 운을 뗀다. 아직 리모델링 중인 같은 가격의 집이 있는데 풀 옵션이라고. 게다가 역세권. 아저씨는 오토바이를 타고 앞장섰고, 우리는 자가용을 타고 따라갔다.

역시 공사 중이었다. 빛이 타닥타닥 튀기는 곳을 지난다. 먼지가 자욱해 눈이 따가웠지만, 거실에서 내려다보이는 앞집 화단에서는 일곱 난쟁이들이 아장아장 걸어 나올 듯 아름다웠다. 완성되지 않아 확실히 가늠할 순 없었지만 방도 작아 보이진 않았다. 11평이라 했다. 화장실이 좀 충격이었다. 세상에나 우리 집 화장실보다 작은 화장실이 있었다니. 변기, 세면대, 세탁기 외에 문 열 공간밖에 없는 우리 집 화장실보다 작았다. 드럼 세탁기는 부엌에 뺀다 쳐도, 두 팔을 벌리면 양쪽 벽에 닿을 듯했다. 두 번 집을 지은 적이 있던 엄마가 실눈을 뜨며 말한다. "여기, 완공하면 더 작아져."

한 시가 훌쩍 넘었다. 엄마는 배가 고팠다. 예정대로 베트남 음식점으로 이동했고 쌀국수와 해물 볶음국수, 스프링 롤 따위를 주문했다. 맥주도 한 병 시키고 싶었지만 참았다. 엄마는 빨간 우동 스푼을 보며 귀엽다고 했다. 이게 왜? 설마 흔하디흔한 이것을 본 적이 없는 건가? 엄마가 더 귀엽다. 돈을 많이 벌어 그녀가 좋아하는 월남쌈을 자주 사주고 싶다고 생각했다. 보증금도 내 힘으로 내고, 씩씩하고 당당하게 살고 싶다고. 그런 삶이 과연 내게도 올까? 아득하게 느껴졌지만 고수가 너무 맛있어서 미래 따위 생각할 겨를이 없었다. 하지만 엄마는 나의 미래를 생각하고 있었다.

"아직 80만 원밖에 못 모았어."

"뭐에 쓰려고?"

"너 결혼 자금."

얼마 전 친구의 결혼식에서 지껄였던 말이 떠올랐다. "왜 2032냐면, 2020년에 우리가 32살이잖아! 그러니까 그 나이 정도 되면 자기 몸뚱이 하나 정도는 스스로 건사할 수 있어야 하잖아."

나는 진작에 건사해야만 했다. 이미 오래전, '껍질을 벗어야 하는 순간'을 놓쳐 그 안에서 죽어버린 건 아닐까. 만약 죽기 직전이라면 지금이라도 바위 어딘가로 돌진하거나 낭떠러지에서 떨어져 껍질을 부술 수 있다면 탈출할 수 있을까. 이제 이사 갈 집은 '소라게의 사활이 걸린 문제'가 되었고, 우습게도 나의 혼란은 타로 카드 석 장으로 해결되었다.

첫 번째 카드는 '완벽한 조화'를 뜻했다. 두 번째 카드는 걱정의 안대를 풀고 두려움의 실체를 마주 보고 선택이나 결단을 내리라는 의미였다. 세 번째 카드는 여덟 개의 별을 배경으로 나체의 여인이 자유롭게 물을 쏟아내고 있다. 책에서는 별 여덟 개를 차크라로 봤다. 아쉬탕가 요가에서 아쉬토우astou는 숫자 8이다. 8단계는 '회복된 낙원', 삼매三昧를 뜻한다. 차크라는 산스크리트어로 '바퀴, 원반'으로, 낡은 에너지가 배출되고 새로운 에너지가 흘러들어오는 인간 정신의 중심부를 상징한다.

삼매까지는 바라지도 않는다. 이번 생에는 어려울 거라고 지레짐작하고 있다. 하지만 '회복된 낙원'이라니. 뭔가 솔깃하다.

엊그제 '망원동으로 가도 괜찮을까요?'라고 물었을 때는 마지막에 0번 바보 카드가 나왔다. 그렇다. 바보 카드는 왠지 소라게로 치면…… 껍질을 나오자마자 뒈질 각이다.

14

웃티타 파르쉬바 코나아사나 A

Utthita Parsva Konasana A

웃티타utthita는 뻗은, 파르쉬바parsva는 옆, 코나kona는 각도를 뜻합니다. 앞의 두 자세에서는 두 다리를 폈지만, 이제 배울 자세에서는 한쪽 무릎을 구부립니다. 손끝부터 발끝까지의 에너지 사선이 보이시나요? 새끼손가락으로 공기를 가르듯 쭉 뻗어봅시다!

다리 간격은 앞의 두 자세보다 조금 더 벌립니다. 그래야 손이 바닥을 견고하게 지지할 수 있어요. 무릎은 발끝을 넘어가지 않도록 구부립니다만, 너무 주저앉게 되면 서혜부(사타구니)가 눌려 피곤해질 수 있습니다. 가슴 중심(복장뼈)을 활짝 열면서 목 주변에 여유 공간을 만들어봅니다. 아랫배를 당기며 깊게 호흡하면, 옆구리와 허벅지 안쪽에 쌓였던 군살과 잡념이 지글지글 불타 사라지는 느낌이 듭니다.

난 필이 짜르르 왔어

"내 남친 잠깐 들렀다 갈 거야."

"남자친구가 있었어?????"

"얼마 안 됐어. 일주일?"

강남의 거대한 샐러드 마켓. 8년 전 뉴욕에서 '왜 한국에는 이런 곳이 없나' 속 터졌던 기억이 있는데 요즘에야 생기고 있다. '정원의 돼지'란 이름이 너무 직설적이지만 여기서 친구와 점심을 먹기로 했다. 그녀는 강남 어딘가에서 만났다는 신상 연하와 함께 등장했다. 손에는 꽃이 들려 있었다. 나는 혼자 샐러드를 먹고 있었다.

그가 자리를 뜨자마자 질문을 퍼부었다. 언제 어디서 무엇을 어떻게 하다가 만났냐. 골프를 하다가 만났으니 안 지는 꽤 됐다

고 했다. 신기했다. 얘가 만나는 남자들은 한결같이

1. 사업가에 2. 빨리 결혼하고 싶어 하고 3. 통통하다.

그래서 내가 만났던 남자에 대해서도 간략하게 정리해봤다.

1. 예술가에 2. 결혼 생각 전혀 없고 3. 잘생겼다.

다는 아니지만 늘 저런 유형에 끌렸다. 엄마들이 가장 싫어하는 유형이지만 어쩔 수 없다. 그래도 엄마는 '귀공자처럼 생겼다'며 애인을 칭찬한 적이 있다. 그의 피부가 흰둥이처럼 하얗기 때문이다.

우리는 카페로 이동했다. 신상 연하에게서 두 번이나 전화가 왔다. 나랑 있는 걸 뻔히 알면서.

"너 이렇게 연락 자주 하는 거 좋아해?"

"아니."

"그럼 너 꽃 좋아해?"

"아니."

"……."

"⋯⋯."

"그래도 애인은 필요하니까!"

"맞아!"

친구는 내일모레 뉴욕에 간다. 그동안 내가 요가 수업을 해주기로 했다. 그래서 오늘 만난 거다. 대화는 바로 대강으로 넘어갔다. 사람은 얼마나 오는지, 어떻게 수업하기를 원하는지 등등. 남녀노소를 골고루 가르치고 있는 친구가 조금 부러웠다. 초보 강사 시절의 나는 오전에만 일했기 때문에 주로 중년 여성들을 상대했다. 그러다가 우연히 오후 수업을 맡았더니 젊은 사람이 넘쳤고, 그 후부터는 줄곧 동년배를 선호하게 되었다.

물론 남성을 가르친 적도 있다. 크로스핏 센터였는데, 굉장히 열심히 따라와 줘서 주말 아침임에도 불구하고 신나게 출근했던 기억이 난다. 그곳은 거대했고 천장이 아주 높았다. 그 공간에 있는 것만으로도 키가 쑥쑥 커지다 못해 슝슝 날아오를 것만 같았다. 하지만 그곳은 얼마 안 가 망했다. 분노한 1년 권 회원들이 로잉머신을 실어 갔다는 기사를 읽었다. 다행히 나는 급여를 받았다. 어쩐지 일찍 준다 했다.

한참 수다를 떨고 있는데 친구의 신상남이 뚜벅뚜벅 걸어와 그녀의 옆자리에 앉았다. 대여 시간 끝났으니 이제 가라는 소리인가? 마침 우리는 애플 워치에 대해 이야기하고 있었다. 예전에 친구가 엑스 보이프렌드에게 선물받았다며 자랑했던 에어팟이 떠올랐다. 그는 이제 남이 되었지만 이어폰은 여전히 그녀 곁에 있는 것이다. 나는 신상남이 들으라는 식으로 크게 말했다. "뭐라고? 너도 애플 워치가 갖고 싶다고? 애! 플! 워! 치! 가?" 시계도 전리품이 될지 모르니까.

결국 나는 카페에서 쫓겨났다. 안녕, 안녕히 계세요 웃으며 내 발로 걸어 나오긴 했지만 게임에서 강퇴당한 느낌이었다. 그래, 기왕 이렇게 된 거 일찍 가서 수련하지 뭐. 요가원으로 이동해 비밀번호를 누르고 들어갔다.

얼마 안 있어 매니저가 왔다. 깜짝 놀랐다. 누구세요????? 쌍꺼풀 수술을 한 것이다. 그렇게 그녀의 설명이 시작됐다. 칼로 안 찢고 접었기 때문에 마음에 안 들면 풀고 다시 만들 수 있대요. 15분 만에 끝났어요. 엄청 빠르죠? 그래도 그렇지, 저렇게 눈이 퉁퉁 부었는데 하나도 안 아팠을까. 원래 그녀에게는 쌍꺼풀이 있었다. 도대체 왜 한 걸까. 궁금했지만 그냥 삼켰다. 대신, "왜 했어요! 자연미인이었는데!" "저 10년 동안 고민했어요."

나도 10년 전에는 코 수술을 하고 싶었다. 하지만 지금은 작고 앙증맞은 내 코가 마음에 든다. 그보단 비염만 고칠 수 있다면 뭐든지 하겠어.

드르륵 미닫이 문을 닫고 수련실에 들어왔다. 아니, 수련실에 들어와 미닫이 문을 드르륵 닫았다.

아까 친구가 알려준 대로 시르사(머리 서기) 파드마아사나(가부좌)를 시도하기 위해서다. 작년 여름 우리는 하타 요가 무료 수업을 들으러 다녔다. 강사가 수업 사이에 기묘한 인도 노래(혹은 만트라)를 꾀꼬리처럼 부르던 곳이었는데 나는 그게 너무 이상하고 불편했다. 뭔가 그녀의 재롱 잔치 혹은 미니 콘서트에 끌려와 감금당한 느낌이었다. 하지만 친구는 그 수업이 너무 좋아서 제대로 배워보고 싶다고 했다. 수업 전, 비치되어 있던 차를 너무 많이 마셔 우리 배에서 번갈아가며 꾸르륵 꿀꿀꿀 소리가 나는 바람에 웃음을 참느라 힘들었던 기억도 난다. 아무튼 그때 거기서 저 자세를 시켰고, 나는 못했다. 머리 서기 자체를 성공한 지도 얼마 되지 않은 상태였기 때문에 다리를 어쩌고 해보려 하자마자 떨어졌다. 그래서 오늘 친구가 팁을 줬다. 머리 서기로 올라가자마자 즉시 가부좌를 틀어보라고. 사실 팁이라고 할 것도 없었다. 그간 머리 서기와 꽤 친해졌으므로 심지어 눈을 감고도 편안한 상태를 유지할 수 있게 되었다. 하지만 그것도 찰나, 잠시라도 방심하면 그대로 고꾸라진다. 0.1초 만에 가부좌를 풀지 못한다면 대단히 다치겠지만…… 스릴 있다.

수련을 끝내자마자 친구에게 카톡을 보냈다. 해냈다고. 고맙다고. 오히려 그냥 머리 서기보다 편했다고. 인터넷에 돌아다니는 쩔(만화의 한 장면)도 함께 보냈다. 『베르사유의 장미』에 나올 법한 비장한 눈빛의 여주인공이 있고 말풍선에는 이렇게 쓰여 있다.

난 필이 짜르르 왔어. 다시는 이런 사랑 내게 없어.

친구가 키읔을 나열하며 대꾸했다.
"야ㅋㅋㅋㅋㅋㅋㅋㅋ 아니야."

15

프라사리타 파도따나아사나 A

Prasarita Padottanasana A

자, 오늘 배울 자세는 프라사리타 파도따나아사나.
이름만 들어도 뭔가 시원하죠? 처음 이 자세 이름을
들었을 때, '파도따' 부분에서 '파도를 타'는 듯 시원한
느낌이 들었습니다. 서핑 방법은 ABCD 네 가지가
있습니다만, 여기서는 A와 C만 배워보도록 할게요!

프라사리타prasarita는 '벌린다', 파다pada는 '발'을,
우따나uttana는 '강력한'을 뜻합니다. 맞습니다.
발바닥의 세 점(뒤꿈치, 엄지발가락, 새끼발가락)으로
중심을 잡으며 강력하게 발을 벌리는 거죠.

정수리가 바닥에 완전히 닿는다면 두 다리를 살짝
좁혀볼게요. 누가 뒤에서 엉덩이를 민다는 느낌으로
무게중심을 앞으로 보내면서 뒤꿈치를 눌러주세요.
반다가 풀려 있다면 고꾸라질 수 있습니다. 아랫배를
당겨 균형을 잡아봅니다.

피로가 쌓였거나 우울할 때 해주면 뇌가 깨어나면서
간과 신장이 기력을 되찾습니다. 혈액순환도 잘되니
소화도 잘됩니다.

정육점에 매달린 고기의 기분

"생각이 있으면 봐요. 차 키 줄 테니까 해봐요. 꺾어봐요. 차 긁은 건 어떻게 할 거예요? 그런 거나 잡으세요." 나는 통화를 엿들으며 수첩에 받아 적고 있었다. 뭘까? 그는 조폭인가? 상대는 경찰인가? 눈알을 굴리고 있는데 그가 자리로 돌아왔다. "죄송합니다. 제가 구청이랑 사이가 안 좋아서요." 그가 약간의 부연 설명을 한다. 무면허인 나는 하나도 알아들을 수 없었지만, 적당히 맞장구치면서 본론으로 돌아가도록 유도했다. "그래서 오전 전임보다는 저녁이 좋으시다는 거죠?"

다음 날 아침에는 비가 내렸고, 다음 날도 내렸다. 어제는 여름이었는데 오늘은 겨울이라니. 게다가 비는 좀 기분 나쁘게 내렸다. 신이 손가락에 물을 묻혀 오므렸다 폈다 장난스레 튀기는 거 같았다.

본가로 이동했다. 엄마가 잡채를 만들고 있었다. 내가 사랑하는 잡채를! 먹고 있는데 전화가 왔다. 면접에 합격한 것이다. 기쁨은 잠시. 곧바로 착잡한 기분이 들었다. 다시 플라잉 요가를 해야 하다니…… 유튜브에서 플라잉 요가 영상을 보면서 요가원으로 이동했다. 말끝을 올리는 강사의 목소리가 약간 거슬렸지만, 박력이 있어서 좋았다. 그렇다. 이것은 요가가 아니다. 서커스 묘기 혹은 스포츠에 가깝다. 요가원에 도착하자마자 해먹을 걸고 연습했다. 또 이 고문을 당해야 하다니. 처음 배울 때는 정말 정육점에 매달린 고기의 기분이었다.

천장이 낮아서 서커스를 할 수 없었다. 아쉬운 대로 예전에 즐겨 하던 시퀀스를 하는데…… 어디서 이상한 소리가 들리기 시작했다. 뭔가 싶어서 매트로 내려와 해먹을 당기며 주변을 관찰했다.

이럴 수가. 기둥이 흔들리면서 왼쪽 천창 구석에 닿은 전면 거울이 흔들리며 울려대는 소리였다. 이때부터 몸이 곱아서 플라잉을 할 수가 없었다. 천장에 설치된 기둥이 그대로 주저앉아 즉사하면 어쩌지? 그리드 사이에 사람들을 앉혀야 하나? 고민에 시달리다가 매니저를 불렀다. "내가 여기서 해먹 당길 테니까 여기 서서, 구석 봐봐요." "왜 그러세요 무섭게."

매니저는 우는 시늉을 했다. 나중에 왜 그런 반응이었냐고 귀신인 줄 알았냐고 물었더니 원장님이 설치한 도청 장치를 내가 발견한 줄 알았단다. 설마, 그건 범죄 아닌가.

마지막은 아쉬탕가 수업, 역시 가득 찼다. 기둥 따위 신경 쓸 겨를이 없었다. 죽기 직전까지 수련을……. 오늘은 특별히 수리야 나마스카라만 마이솔로 진행해봤다. 다들 너무 잘 따라와서 뿌듯하다 못해 감동하고 말았고, 열기가 너무 후끈해 수련실 문과 작은 창문을 열어야 했다. 그나저나 이 요가원에는 에어컨도 없다. 여름에는 어떻게 하지? 가만히 버티는 것만으로도 수련이 되겠다.

16

프라사리타 파도따나아사나 C

Prasarita Padottanasana C

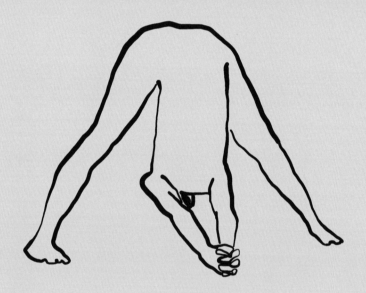

1. 들이마시는 숨에 양팔을 넓게 벌리고.
2. 내쉬는 숨에 등 뒤에서 양손 깍지를 끼고, 숨을
들이마시며 등을 폅니다.
3. 내쉬는 숨에 정수리를 바닥으로. 이 자세에서 머물며
다섯 번 호흡합니다.

이제부터는 손이 바닥을 향해 내려갈 차례입니다.
마음을 비우고 중력에 손을 맡겨볼까요?

만약 뒷사람의 깍지 낀 손이 바닥에 '톡' 닿는 모습을
봤다면, 나도 왠지 양쪽 어깨를 과하게 조이면서
내려가고 싶은 유혹이 들 수 있습니다(접니다).
그래서 시선은 늘 미간 혹은 코끝에 두는 게 좋아요.
아쉬탕가에서는 드리시티(시선)가 수련을 이끌어
갑니다. 우리는 매 순간 달을 볼지, 달을 가리키는
손가락을 볼지 선택해야 합니다. 손가락은 아마도
아사나(요가 자세)겠지요.

어깨 관절이 부드럽게 열리는 순간, 박하사탕처럼
시원하게 퍼져나가는 에너지에 집중해봅니다.

혹시 '기립성 저혈압'이 있는 분은(접니다) 다시 올라올

때 주의하세요. 피가 머리끝까지 천천히 도달할 수 있도록 척추를 동그랗게 말아 올라오다가 부드럽게 고개를 들어줄게요.

그레고르 잠자는 은행을 싫어해

봄인가. 개미가 보인다. 매트 위에 한 마리, 내 팔에 한 마리, 시야에 거슬리던 한 마리를 꾹꾹꾹……. 살생을 저지르며 100분 간 수련을 했다.

친구와는 400분을 놀았다. 만나서 점심 먹고 놀다가 저녁까지 먹고 헤어졌다. 저번에도 얘랑 인도 음식을 먹었는데 오늘도 카레와 난이다. 아무리 먹어도 안 질리는 걸 보니 인도 가서도 잘 살 수 있을 거 같다.

우리는 두서없이 대화를 시작했다. 입에 음식을 넣으면서 동시에 말하려니 정신이 없는 것이다. 그래도 이런 게 진짜 식사라고 생각한다. 밥상머리에서 침묵하는 건 예의가 아니라고 생각한다. 우리는 우걱우걱 주절주절 예의를 차리며 우리가 알고 있는 사람에 대해 이야기했다. 요가원 매니저.

"매니저 말이야. 원래 아이돌이었대. 예전에 드라마 주연도 했었어." 최근에 쌍꺼풀 수술을 하고 나타난 귀여운 그녀를 말하고 있었다. 그렇구나. 어쩐지 너무 예쁘다 했어. 텔레비전을 안 보는 나는 시큰둥했지만, 네이버 검색창에 뜨니 약간 놀랍고 이상한 기분이 들었다. 유명했던 드라마라(역시 나는 본 적이 없지만) 조금 궁금하긴 했으나 물음표로 남겨두는 게 나을 것 같다.

"나도 눈물 흘렸어. 선생님이 계속 웃으면서 해." 카페로 이동하려고 신호등을 기다리고 있었다. 친구는 5월부터 '자이로키네시스' 수업을 진행한다. 영상을 찾아 보니 의자에 앉아서 하는 필라테스인데 몽환적인 음악과 함께하는 현대무용 느낌이다.

나는 '포레스트 요가' 수업을 들으며 눈물 흘린 이야기를 했다. 수련이 끝나고 휴식을 취할 때 울었고 예수일 선생님과 개인적으로 대화를 나눌 때에도 울었다. 왜 울었는지는 정확히 기억나지 않는다. 울고 나니 마음이 청량해졌다. 몸 안에 고이는 나쁜 무엇은 땀이든, 눈물이든, 침이든 액체 상태로 배출되어야 한다는 주의기에, 눈물이 반가웠다. 마음이 말랑말랑해져서 울 수 있다는 건 축복이다.

그때 깨달았다. 어떤 장르의 요가건 배움을 위해서는 그것을 전하는 '구루'가 필요하다. 제대로 된 구루를 통해서가 아니라면 그것은 구라다. 그리고 나는 그녀 같은 '구루'가 될 수 없다. 왜 이런 생각이 들었느냐면, 다른 포레스트 요가 강사 때문이었다. 보다 젊은 그녀는 꽤 유명하며 활발하게 활동하고 있다. 복도에서 처음 마주쳤을 때, 그녀는 나에게 두 음절을—마치 가래침처럼—뱉었다. "비켜."

나는 쫄았다. 저 여자는 뭐지? 외국에서 살다 왔나? 정신이 아픈가? 수련실에 들어가 매트를 깔았다. 곧이어 '비켜'가 들어왔다. '비켜'가 강사였다니. 그녀의 수업은 전반적으로 '비켜' 분위기였다. 팔 들어, 다리 들어, 숨 쉬어 등등 온통 반말이다. 이 카리스마 넘치는 수업을 좋아하는 사람이 많다는 얘기도 들었다. '걸크러쉬' 뭐 그런 것인가?

친구는 내게 두 권의 책을 줬다. 한 권은 타로에 관한 책이었고 다른 하나는 사노 요코의 『사노 요코 고릴라』라는 그림책이었다. 방금 살짝 펴봤다가 풋 했다. "나는 의자다"로 시작되는 이야기인데 의자가 뱉은 첫 마디가 "비켜"인 것이다. 의자는 주인을 걷어차고 뛰쳐나와 연인 사이를 지나치고 엄마와 아이를 지나치고 거지를 걷어차면서 척척 걸어 나간다. 그러니까 그녀는 요가 강사도 정신이 아픈 사람도 아니었다. 그냥 의자가 '변신'했던 것이다.

어느덧 해가 저물고 있다. 내 앞에는 친구와 다 먹은 떡볶이 국물과 순대 몇 조각이 남아 있다. 나의 고양이 황야가 미친 듯이 뛰어다녀 친구가 깜짝깜짝 놀랐다. 우리는 다양한 주제를 넘나들다가 급기야 그녀의 7년 전 추억까지 들어가 배회하고 있었다.

애가 처음 서울에 상경했을 때 살았던 옥탑방이었다. 아래층에 살던 사람이 방역 업체를 불렀더니 건물에 살던 모든 바퀴벌레가 그녀의 옥탑으로 올라왔다. 방문을 열었더니 부엌 바닥이 온통 시커멨다고. 친구는 충격적이었던 그 장면을 회상하는지 손등으로 이마를 짚었다.

"그래서 어떻게! 어떻게! 어떻게 했어!" 흥분한 내가 이야기에 빨리 감기 버튼을 눌렀다. 일단 친구는 엄마에게 전화를 걸었다. 신기하게도 다음 날 아침이 되자 바퀴벌레들은 감쪽같이 숨었다(이게 더 소오름 끼친다). 친구는 청주까지 가서 엄마로부터 '퇴치약'을 얻어 왔다. 옥탑방에 들어서자마자 촤촤촥! 뿌렸고 바퀴벌레들은 홀연히 사라졌다고 한다. 퇴치약은 바로 '은행'이었다. 나도 은행 싫어하는데……

* 그레고르 잠자는 카프카의 소설 『변신』에 등장하는 거대한 벌레(로 변한 사람)입니다.

17

웃티타 하스타 파당구쉬타아사나 A

Utthita Hasta Padangusthasana A

드디어 땀이 쏟아질 시간이 왔습니다. 선 자세의
꽃이죠. 웃티타utthita는 뻗은, 하스타hasta는 손,
파당구쉬타padangustha는 엄지발가락을 뜻합니다.

사실 이 자세를 완벽하게 해내기 위해서는 시간이
걸립니다. 가장 먼저,

1. 한 다리로 설 수 있어야 하고
2. 그 상태로 발가락을 잡아야 하며
3. 다리를 쭉 펴야 합니다.
4. 마지막이 상당한 고렙인데, 상체를 숙여 다리에 턱을
댑니다.

누군가가 내 머리를 위로 끌어올린다고 상상하며 왼쪽
발바닥에서부터 '무릎-허벅지-골반-척추-가슴-목-
정수리'를 타고 오르는 긴 에너지선을 느껴봅니다.
시선은 멀리 한 점을 그윽하게 응시하세요.

중심을 잃거나 다리를 놓쳐도 괜찮아요. 아무리
흔들리고 놓쳐도 다시 잡으면 됩니다. 쓰러지지만
않으면 됩니다.

이것은 요르가즘이 아니다

오랜만에 알람을 맞췄다. 알람을 맞추는 순간, '알람보다 먼저 일어나기' 미션이 주어진다. 체내 시계를 경험한 사람들은 알 것이다. 새벽 여섯 시로 맞추고 자면 다섯 시 오십팔 분쯤 눈을 떠 알람을 끈다. 알람 소리를 싫어하는 나는 알람을 듣지 않으려고 알람을 맞춘다. 알람을 듣고 일어나는 순간 온몸의 세포가 스트레스를 받으며 하루를 시작한다는 기사를 읽은 적이 있다. 그래서 인류 최악의 발명품에 꼽혔다고. 물론 핵폭탄이 1위겠지만, 매일 아침마다 터지는 건 알람이니까.

왜 그렇게 일찍 일어났는데? 친구에게 부탁받았던 대강 수업 때문이다. 판교, 우리나라에서 가장 큰 게임 회사에 갔다. 오랜만에 맛본 새벽 나들이는 상쾌했다. 잠을 충분히 못 자서 전두엽에 안개가 조금 끼었지만, 이 정도쯤이야. 봄을 듬뿍 머금은 싱그러운 아침 햇살을 쬘 수만 있다면야.

회원들이 하나둘 모여든다. 죄다 죄수 같은 옷을 입었다. 회색 옷에 검은 반바지. 피트니스 센터의 특징이다. 일단 육체의 실루엣이 드러나지 않기 때문에 수업의 질은 포기해야 한다. 그렇지 않으면 가장 중요한 척추를 더듬더듬 만져서 확인해야 하는데 그러기에 남자가 꽤 있다. 남자들은 땀이 많다. 누구는 만지고 누구는 안 만지고 할 수 없으니 공평하게 포기한다. 체육관 바닥처럼 바닥에 폭신한 게 깔려 있으므로 매트가 필요 없다(더러운 매트 상태를 보니 펴고 싶지 않았음). 높다란 천장 구석에 있는 스피커에서는 피트니스 센터 특유의 우악스러운 음악 소리가 흘러나온다. 볼륨을 줄였음에도 불구하고 문틈 사이로도 우악우악 새어 들어온다. 놀이공원 분위기다. 그래서 명상도 포기한다. 잔잔한 음악 혹은 고요함 속에서 자신의 호흡 소리를 음미할 수 없으니까. 게다가 내 목소리도 커져야 한다. 크로스핏 강사처럼 조교 흉내까지 낼 필요는 없지만, 요가원에서처럼 조곤조곤 말하다가는 웅얼이했다고 컴플레인이 들어올 것이다.

즉 피트니스 센터에서의 요가는 이런저런 요소들을 포기해야만 한다. '요가'의 주된 목적과 황홀한 특징을 상실한 채 '몸뚱이 움직이기'로만 전락하는 것이다.

하지만 이런 내 우려와 달리, 다들 고도의 집중력을 발휘해

잘 따라와줬다. 그간 친구의 수업이 완벽했다는 증거다. 나는 남은 1분 동안 '요르가즘'까지 알차게 홍보하며 주어진 50분과 40분 수업을 칼같이 끝냈다.

"인스타그램에 '요르가즘'을 검색하시면……." "픕." 누군가 웃었다. 왜 저러지? 의아했다. 그동안 요르가즘이라는 단어를 하도 남발했더니, 나의 귀에는 된장국이나 고양이처럼 너무나 익숙하게 들리게 된 것이다. 네이밍에 대한 설명은 무의미하다. '이 것은 파이프가 아니다'라고 쓰여 있는 마그리트의 파이프 그림처럼 말이다.

그렇게 이틀간의 대강이 끝났다. 그동안 눈여겨보던 호화로운 목욕탕으로 달려가 몸을 담그고 생각에 잠겼다. 생각이 적당히 불었다. 탕에서 나와 신나게 때를 밀었다.

"움직이는 녀석은 대체로 살아 있지."
"그저 움직이기만 해서는 살아 있는 게 아냐. 그 행동에 의의가 있어야 살아 있는 거지."
　　　　　　　　　　　　　　　—사노 요코, 『사노 요코 고릴라』(마음산책, 2018)

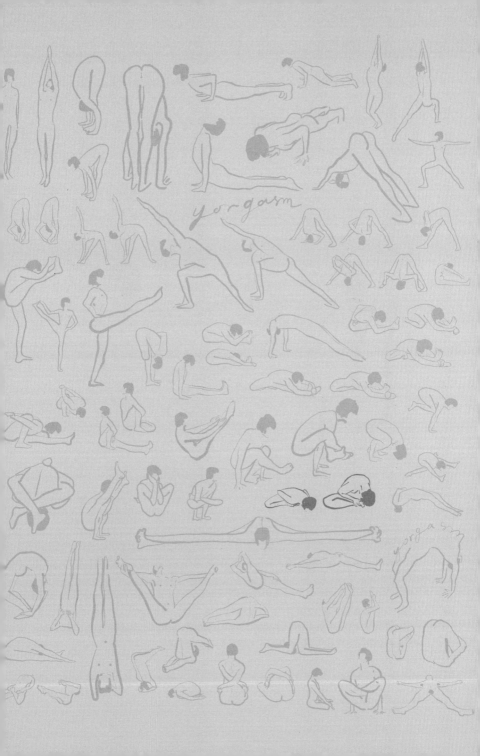

18

웃티타 하스타 파당구쉬타아사나 B

Utthita Hasta Padangusthasana B

이제 다리 오픈!

넙다리뼈의 머리(공이 부분)를 골반(볼기뼈)의 절구에
깊이 끼워 넣어야 합니다. 골반이 들리지 않도록
주의하면서 고관절 깊은 곳에서부터의 회전을
느껴봅니다.

둔부를 제대로 쓰며 수련한 다음 날 아침, 곤장을
맞은 느낌에 눈을 떴습니다. 그제야 비로소 이 자세를
'제대로 했다'는 깨달음이 스르륵 스며들었습니다.

'아! 그 힘은, **홀로 서 있던 다리의 엉덩이**에서 나온
거였구나.'

무릎! 못 펴도 괜찮습니다.
발가락! 못 잡아도 괜찮습니다.
무릎만! 잡아도 괜찮습니다.
옆 사람만 잡지 마세요.
그리고 나의 엉덩이를 믿으세요.

아홉수에 생긴 일

드디어 사흘 후 이사를 간다. 괴한 사건이 3월 16일에 벌어졌으니, 정확히 10주 후 떠나는 것이다. 친구들은 내게 한동안 본가 혹은 애인 집에서 지내라고 했지만, 그런 민폐는 싫었다. 이사는 탁월한 선택이었다고 생각한다. 얼떨결에 본가를 뛰쳐나왔던 스물여덟의 겨울, 당시 내게는 아무것도 없었다. 몇 개의 상자에는 옷과 책뿐이었다.

잠시 주위를 둘러본다. 저 에어컨, 세탁기, 냉장고, 전자레인지, 인덕션, 밥솥도 처음에는 없었다. 이 책상, 의자, 소파, 행거, 책장, 수납장, 가습기, 화분도 없었다. 2년 6개월 동안 이곳에 살면서 필요할 때마다 하나씩 장만한 것들이다.

스물아홉 살 봄에는 애인이, 여름에는 고양이가 생겼으며, 가을에는 아쉬탕가에 입문했다. 나는 이 기묘한 현상을 두고 반려

자와 반려동물과 반려요가를 동시에 얻은 해이니, 아홉수 따위
는 거짓이라는 결론을 내렸다.

맞다. 아홉수는 동서양의 숫자 개념에서 나온 헛소리다. 중국
은 1에서 10까지의 숫자 개념을 가지고 있어서 새로운 시작의
10을 길수로, 그 끝의 9를 흉수로 본다. 길수와 흉수를 따지는
것부터가 'A형은 소심해'처럼 괴상하다. 서양에서는 '0'을 중시
해 0에서 9까지의 숫자 개념을 가지고 있다. 그래서 9가 오히려
새로운 시작의 길수가 된다.

타로에서도 0번 카드가 시작이다. 8에서 10번까지의 수는 대
체로 완성이라는 특징이 있고, 특히 9번은 완성 직전의 단계로
서 지금까지 해온 일들이 '결실을 맺었다'는 뜻이다.

서른이 시작되자마자 머리카락을 잘랐다. 1월의 어느 아침,
잠에서 깨어나 가위를 들고 화장실에 가서는 허리까지 오던 옥
수수 뿌리 같은 그것을 좌우로 댕겅댕겅 잘랐다. 며칠 후 미용
실에 가서 쇼트커트로 다듬었다. 그렇게 서른의 봄, 소년이 된
나는 마이솔 수련을 시작했다. 아쉬탕가 자세를 외우려고 두꺼
운 종이에 4B 연필로 그림을 그리고 뒷면에 아사나를 썼다. 그
렇게 카드로 만들어 뒤집고 놀면서 외웠다.

여름에는 노트북 키보드가 고장 났다. 마침 애인이 아이패드

프로를 구입했고, 애플 펜슬로 그림을 그리기 시작했다. 너도 그려볼래? 이게 시발점이었다. 나는 태블릿 펜을 초등학생 때 처음 사용했다. 당시 태블릿 펜의 감촉은 거지 같았다. 반면, 종이에 닿는 선과 붓의 살아 있는 질감을 좋아했던 나는 순순히 순수 회화로 넘어갔다.

서른한 살의 봄에는 요가 연재를 시작했다. 한여름 즈음 끝날 것이다. 나는 늘 이런 식으로 삶을 정리하여 서사시처럼 읊는 짓을 좋아했다. 자질구레한 일상을 표든 글이든 기록하지 않고서는 삶의 이정표를 파악하지 못했다. 7년간 매일 기록을 했다. 이 인생이 어디를 향하고 있는지. 사실, 낭떠러지만 피할 수 있다면 어디든 상관없다.

서른하나의 여름은 새로운 보금자리에서 시작될 테고, 나는 새로운 요가원으로 출강하겠지. 이제 수업 가자. 단박에 재화를 얻을 수 있는 수업이 있어야만, 30년간 잉태한 아이들을 출산할 수 있다.

19

웃티타 하스타 파당구쉬타아사나 C

Utthita Hasta Padangusthasana C

"양손 허리! 발끝 포인트!"

양손을 허리에 두면 골반을 수평으로 맞출 수
있고, 아랫배를 당겼나(우디아나 반다를) 확인할 수
있습니다. 다리를 낮게 들어도 괜찮으니, 한쪽 골반이
들리지 않도록 주의하며 무릎을 쭉 펴고 발가락을
이쑤시개처럼 찔러봅시다.

양쪽 엄지발가락끼리 빨간 실로 연결된 느낌을
찾아볼게요. 바닥에 있는 발가락을 누를수록 공중의
발가락이 조금씩 위로 올라갑니다. 누군가가 들어
올려주는 느낌이 들죠.

발레를 배웠던 친구들은 발을 바깥으로
턴 아웃turn out 하는 경향이 있습니다. 두 발 모두
정면으로 맞춰주세요. 그래야 허벅지 안쪽을 타고
내전근이 진격할 수 있습니다.

삶은 양배추

삶은 양배추가 이렇게 맛있었어? 나는 지금 목살을 듬뿍 넣은 김치찌개를 끓여 삶은 양배추에 밥과 쌈장을 싸 먹으며 감탄하고 있다. 한 시간 전, 젠틀한 남자 둘이 와서 세탁기를 가져갔다. "안녕하세요. 혹시 소파도 매입하시는지 궁금합니다." "안 삽니다." 중고센터 사무실은 이렇게 단호했는데, 아까 젠틀맨들은 어쩜 그리 정중했을까.

"멀티탭을 사용하셨었나요? 잠시 부탁할 수 있을까요? 감사합니다." 나는 서둘러 멀티탭을 건네며 초로의 신사가 세탁기를 검사하는 모습을 멀뚱멀뚱 보고 있었다. 신사 옆에는 건장한 청년이 있었다. 그의 팔뚝에는 타투가 있었다. 개인적으로 나는 타투인들을 신뢰한다. 자신의 신념을 몸에 적고 타인이 볼 수 있는 부위에 취향을 노출한다는 게 너무 귀엽다.

여자 혼자 사는 집에 두 남자가 들이닥친다는 건 사실 위험한 일이다. 하지만 신사의 목소리를 듣는 순간 이미 나는 무방비 상태로 그들을 기다리고 있었다. 그렇다. 나는 목소리에 약하다. 좋은 목소리를 가진 사람은 로맨틱하기에 늘 성공적이다. (그래도 애인이 사준 스프레이는 꼭 쥐고 있었다.)

그들이 일을 처리하는 동안, 얼마 전 호주에서 귀국한 친구와 만나기로 약속을 잡았다. 4년 만의 재회라 살짝 들떴다.

얘랑 나는 클럽에서 처음 만났다. 당시 대학생이던 나는 클럽이라곤 모르는 친언니의 스트레스를 풀어주겠다며 그곳에서 광란의 밤을 보내고 있었다. 클럽은 당연히 어둡다. 하지만 귀여운 소년은 빛나기 마련이다. 그때 내게는 아이라이너가 있었다. 가방은 사물함에 맡기고 눈매만 살려보겠다며 그걸 쥐고 춤을 추고 있었다니 웃기다. 소년은 내 팔뚝에 아이라이너로 자신의 폰 번호를 적었다. 8년 전 이야기다. "그때 누나는 새싹이었는데." "아냐. 퇴비였어."

야가 책상 위로 올라와 안아달라고 손을 내민다. 귀여워라. 이런 깜찍한 생명과 함께 살 수 있다니 행복하다. 열심히 저축해서 둘째를 키우고 싶지만, 야가 질투할 것 같다.

세 시간 후면 열네 번째 일터로 수업을 간다. 요가 수업이라면 자신 있지만, 낯선 공간에서 낯선 사람들이 '나를 평가하는 상황'은 조금 두렵고 설렌다. 늘 두려움과 설렘은 같이 간다. 그 반대는 지겨움과 무료함이다. 중요한 건 역시 '사람'이다. 그 '사람'이 꾸린 곳에 모이는 '사람'은 분명 비슷한 결을 가진 '사람'일 가능성이 높다. 과연 오늘은 어떤 사람들을 만나 어떤 시간을 보낼까? '과연+말줄임표'를 좋아한다. '과연' 속에 두려움이 듬뿍 담기고 말줄임표로 설렘이 뚝뚝 떨어지는 느낌이 들기 때문이다.

과연······
양배추가 속까지 익었기를 바란다.

20

비라바드라아사나 B

Virabhadrasana B

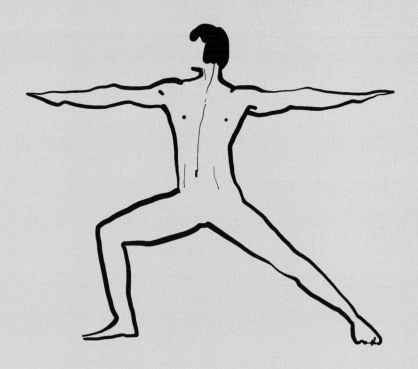

수리야 나마스카라 B에서 등장했던
의자 자세(웃카타아사나)와 전사 자세(비라바드라아사나
A)가 다섯 번의 숨을 온전히 쉬는 독립적인 자세로서
한 번 더 등장합니다.

그리고 두 번째 전사 자세인 비라바드라아사나 B가
이어집니다.

1. 양팔을 펼치면서 가슴과 골반을 활짝 열어줍니다.
2. 뒤에 뻗은 팔은 약간 처지는 경향이 있습니다. 살짝
들어 수평을 맞춰주세요. 앞뒤에서 누군가가 손가락을
잡아당기는 것처럼 쭉 뻗어볼게요.
3. 가끔 손을 앞으로 발사하는 학생이 있습니다. 그러면
펜싱이 되죠. 아무리 전사 자세라도 앞사람을 찌르면
안 됩니다. 다섯 번 호흡한 후, 다시 뒤로 도니까요.

너 찻집에 취직했어?

내친김에 열다섯 번째 일터도 구했다. 단박에 합격이었다. 나는 첫인상이 좋으니까. (실은, 집에서 1분 거리라 고용되었다.) 아침 수업은 녹록지 않았다. 지난 1년간 저녁에만 출강했다. 게다가 요 며칠 넷플릭스(그것도 한국 드라마, 정확히 말하면 송중기)에 빠져서 새벽에 잤다. 맥주도 한 캔씩 마시고 잤다. 내 기준에서는 조금 방탕한 일상이었고, 요기로서는 경을 칠 일이었다.

경을 치다? 무슨 뜻이지? 네이버에 검색해본다. 경更을 치다. 호된 꾸지람이나 나무람을 듣거나 벌을 받는다는 뜻이다. 옛날에는 밤 열두 시 전후에 북을 스물여덟 번 치고 일반인의 통행을 금지시켰는데, 이때 수상한 사람이 돌아다니다 잡히면 여러 심문을 받은 후 풀려났다고 한다. 지금 시대에서는 경을 칠 법이다.

요기로서 경을 칠 일은 그 밖에도 많다. 속세에 듬뿍 젖은 내가 요가를 하고, 심지어 가르칠 자격이 있는지 심문을 받는다면 영영 풀려나지 못할 것이다. 나는 뉘우치지 않을 테니까. 한쪽에 치우치고 싶지 않다. 약간의 방탕이 없었다면 나는 '진정한 방탕'에 빠졌을 테니까.

잠을 좀 설쳤지만 수업 30분 전에 도착해 몸을 풀었다. 예상대로 연령대가 높았지만, 다행히 꽃중년이시다. 맨 앞자리에 앉은 어머님은 우짜이 호흡(169쪽 참조)을 했고 팔뚝에 타투가 있었다. 들은 대로 강도 높은 자세를 좋아했고 곧잘 따라왔다. 약간의 텃새를 예상했지만, 수업이 무르익자 그런 것은 조용히 사라졌다. 하지만 매트를 두고 사라지는 모습은 생경했다. 전통 요가원에서는 개인 매트를 쓰기에 정성스레 닦고 소중히 말아 보관한다(대부분 고가의 제품이다). 피트니스 센터에서는 너무 저렴해서 속상한 공용 매트를 사용한다. 하지만 나는 이 지하가, 운동만 하고 싹 사라지는 (심지어 사바아사나도 안 하고 튀는) 어머님들이 더 좋다. 여기서는 다도를 안 하니까!

다도, 오늘도 한다. 수업 전에 한 번 하고, 수업 후에 또 한다. 차 마시고 싶지도 않은데! 저녁에 마시면 잠도 안 오는데! 아냐, 긍정적으로 생각해. 중간에 원장님의 하타 수업도 무료로 청강하잖아. 다도도 능숙해지면 나름 재밌을 거야. 언젠가 내가 하고 싶을 때, 마시고 싶은 사람들과, 편안한 마음일 때 명상처럼 가능한 날이 올 거야. 하지만 지금의 나는 일의 연장선으로 하고 있다. 눈치껏 움직이지 않으면 눈칫밥을 먹는다.

다관을 잡다가 손가락을 데인다. 예열한 찻잔을 받침에 얹고 차를 따른다. 자질구레한 예의를 차리느라 정신줄을 놓자 거름망 없이 차를 부을 뻔했고, 집게를 멀리 잡았더니 잔을 집을 때마다 불안했으며, 잔이 빌 때마다 채우라는 압박감에 그만 마시겠다고 치워두신 잔을 채우기도 했다.

어찌 보면 약간 굴욕이나 망신당하는 분위기였지만, 이럴 때 정색하면 큰일 난다. 이럴수록 정신줄을 놓고 바보처럼 구는 게 경험상 (그나마 나은) 처세술이었다. 내가 대놓고 어리바리 헤매자 사람들이 웃는다. 내 얼굴이 빨개졌다며 원장님이 놀린다. 결국 나를 포기한 나는 한술 더 뜬다. "선생님. 잔 닦은 수건으로 땀 닦으면 안 되겠죠?" "어쩐지 보이차가 짜더라!"

3부

요가하는 사람 맞아?

아사나가 아무리 유혹해도 좇지 마.
할 수 있으면 가고, 못하면 물러서.
괜찮아.
그게 진짜 수련이야.

21

단다아사나

Dandasana

"막대기 같네요."
"맞습니다! 막대기 자세. 앉은 자세에서 처음 등장하는
단다아사나는 자칫하면 막대기 아닌 지팡이 자세가
되는, 고난도 자세랍니다."

1. 두 다리를 쭉 펴서 발끝을 몸쪽으로 당기고
2. 등을 반듯이 세우고 어깨를 낮춘 상태에서
3. 턱을 당깁니다(잘란다라 반다).

양손은 엉덩이 옆 바닥을 밀어주며 복부를 당깁니다.
숨이 아랫배로 들어가지 않게 당겨올려 반다를
깨우며 호흡하면, 숨이 척추에서만 오르내려 척추가
고르게 뻗도록 도와줍니다. 이제 깊은 우짜이 호흡을
해볼게요.

* 우짜이 호흡 : 손바닥을 유리창이라고 상상하며
'하아' 입김을 내쉬어볼까요? 성문을 좁혀 호흡할 때
나는 소리랍니다. 보다 깊고 따뜻한 숨 쉬기 덕분에
체온과 집중력이 상승하는 호흡법입니다.

XOXO

일주일 동안 소화해야 하는 스케줄을 종이에 쓰며 하나씩 지워보기로 했다. 매일 해야 하는 서너 시간의 수업, 매일 하고 싶은 한두 시간의 수련, 나머지는 모두 작업이다. 시작해볼까?

7월 8일 월요일 OOOOO
"혹시 요가즘?" "네, 맞아요. 요르가즘!" 초면인 사람과 대화를 나누다가 이미 나를 팔로우하고 있다는 사실을 알았을 때 드는 기분은 뭐랄까 굉장히 오묘했다. 그녀는 내 옆에서 수련하던 분이다. 수줍은 목소리로 "그럼 재밌게 보고 있어요" 말하고는 자전거를 타고 뜨거운 대로변 사이로 유유히 사라진 그녀. 그러고 보니 우리 둘 다 하의 실종(짧은 반바지)에 백팩을 메고 선글라스를 꼈다. 요즘 유행하는 요가 강사 스타일인가(당연히 아니겠죠).

7월 9일 화요일 X(수련)OOOO

아쉬탕가 시간. 요가 룸이 가득 찬 나머지, 무게가 초과된 엘리베이터처럼 한 분이 나가는 사태가 벌어졌다(다행히 마지막 타임에 다시 오심). 하타 수업에도 꽤 많이 왔다. 사람이 많으면 많을수록 나는 흥분한다. 내가 왜 이렇게 인원 많은 수업에 환장하는지 곰곰 생각해본다. 여러 명의 기운이 모여 공명하게 되면 나까지 에너지를 듬뿍 받게 된다. 반면 일대일 수업에서는 나의 기운이 소진되는 느낌이 든다. 기운이 강력한 분은 스스로 그 정기를 운용하지만, 대부분은 내 기운을 나눠 드려야 한다. 나누고도 바닥나지 않으려면 항시 내 수련을 통해 기를 가득 채워 둬야 한다. 정기를 보존해야 한다.

7월 10일 수요일 OOX(수련)OO

15년 만에 요가를 한 40대 여성이 1년 동안 동료를 꼬드겨 요가원에 왔다. 둘은 근처 자동차 회사에 근무하며 다섯 시에 퇴근을 한다고. 그녀들은 굉장한 수다력을 가졌다. 좌중을 압도하는……. 그녀들이 불어난 군살 이야기를 하며 계속 내 배를 쳐다보는 바람에 면접 때 기억이 새록새록 났다. 그날도 원장님이 계속 내 배를 쳐다봤다. 남자들이 이성의 가슴을 본다면, 여자들은 동성의 배를 보는 듯하다. 만약 내가 크롭 티를 입지 않았다면 이런 사태는 없었겠지만……. 작년 여름부터 크롭 티에 꽂힌 바람에 내 옷걸이에는 온통 토막 난 거적때기들뿐이다. 그녀들이 계속 다이어트 이야기를 하자 원장님이 나를 힐끗 보며 말씀했다. "살 좀 빼 드려요." 북한말로 하자면 '살 좀 까드려요.' 어찌됐건 무서운 말이다.

7월 11일 목요일 OOX(수업)OO

전통 요가원을 그만두기로 했다. 여러 가지 이유가 있었지만 굳이 하나를 뽑자면, 기운이 안 맞는다는 것. 낯선 공간에 적응하고 다도에 능숙해지고 회원들과 친해지고 나서야 깨달았다. 승염이사 사염승거. 절이 싫으면 중이 떠나야 한다.

7월 12일 금요일 OOOOO

시원한 바람이 분다. 새소리, 파도 소리를 닮은 차 소리, 아이들이 노는 소리, 누군가가 토하는 소리, 옆 사람이 코 고는 소리가 들린다. 보랏빛(가끔은 푸른빛과 초록빛)이 보인다. 얼굴 위로 미소가 번진다.

금요일 오후, 누군가는 멀리서 꾸웨엑 거리며 토를 하고 있는

데 우리는 이렇게 나란히 누워 명상하고 있는 상황이 뭔가 웃기다. 이곳은 요가원이 아니다. 경리단길 사이에 위치한 작은 옥탑방이다. 친구가 추천해준 인 요가 수업에 따라왔다. 아사나가 별로 없어서 조금 아쉬웠지만 마지막에 나무에 대한 이야기와 경락 이론을 들을 수 있어 좋았다. 역시 선생님도 나무였다. 나만의 특별한 경험인 줄 알았는데 누구나 하는 짓이었다니……. 나도 큰 나무를 만나면 끌어안는 버릇이 있다. 새벽에 예대에 갈 때마다 안던 나무가 있다. 대학교 4학년, 자발적 아싸 시절 나무 밑동 시원한 그늘에 앉아 혼자 점심을 먹거나 책을 읽은 적도 있다. 그래서 나무하면 가장 먼저 떠오르는 게 그늘이다. 큰 나무일수록 그늘이 깊고 넓다.

7월 13일 토요일

오늘의 일정은 없다. 수업은 당연히 없고, 수련과 작업은 하고 싶으면 하고 싫음 말고 식으로 비워뒀다. 그래서 오늘은 귀여운 조카를 안고 바보 같은 소리를 내며 방실방실 웃는 시간을 보냈다. 아기의 머리에서는 짜파게티 냄새가 났다. 〈사운드 오브 뮤직〉에 나오는 〈My Favorite Things〉를 여덟 번 불러줬더니 내 어깨를 마구 빨다가 잠이 들었다. 나는 뿌듯한 마음으로 쌀한 포대를 조심조심 바닥에 뉘어놓고는 조용히 방을 나온다. 두

손은 허리에, 턱을 치켜들고 언니에게 자랑한다. 내가 물탱이 재
웠다! 언니는 썩소를 지었고 엄마는 칭찬해줬다.

너도 낳아.
나는 괜찮아.

7월 14일 일요일 XOXO

오전에는 수련을 하고 오후에는 작업하는 삶, 이상적이다.
XOXO는 '키스와 포옹'이라는 뜻이지만 여기서 내게는 X(새벽
수업 없으니) O(실컷 수련하고) X(저녁 수업 없으니) O(실컷 작업하
기)를 의미한다.

그래서 오늘은 아침 마이솔을 다녀왔다. 내 왼편에는 초보자
(아직 자세를 못 외워 종이를 들여다본다), 오른편에는 숙련자가
있었다. 예전 같았다면 내가 못하는 자세를 취할 때마다 넋 놓
고 관찰했겠지만, 이제는 그런 찌질한 짓을 하지 않는다. 언젠가
는 나도 하게 될 테니까. 지금 못 하면 다음 생에라도.

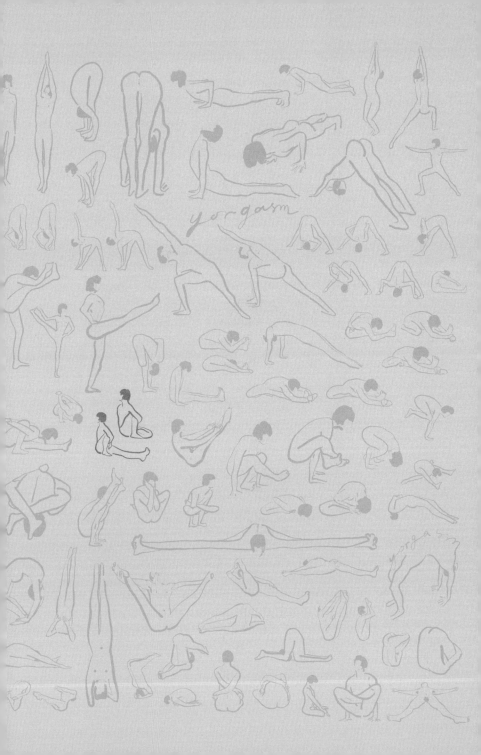

22

파스치마따나아사나

Paschimattanasana

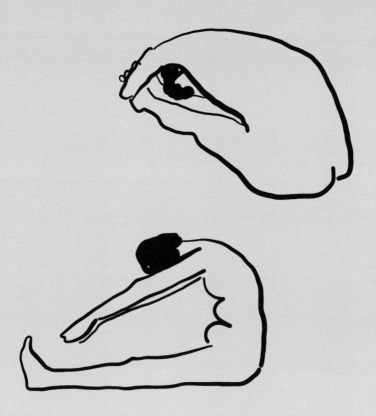

정수리가 북쪽, 발바닥이 남쪽, 몸의 앞부분이
동쪽이라면, 몸의 뒷부분은 당연히 서쪽이 되겠죠?
파스치마paschima가 서쪽이라는 뜻이니, 몸의 뒷면을
강렬하게 늘려라! 뭐 이런 뜻 되겠습니다.

수평의 척추 아래에 심장이 위치하도록 전굴을 하면
복부가 마사지되면서 소화도 잘되고 뱃살도 줄어들며
보다 많은 산소를 지닌 혈액이 공급되어 생식선에서 그
영양분을 흡수합니다. 그래서 성 불능 치료에 도움이
되고 성욕도 제어할 수 있게 된다고 합니다. 뭔가
아이러니한 효과죠.

"역시 뱃살 때문인 거죠?"
"아뇨. 전굴은 흉추가 아니라 요추에서부터……."
"어제 야식 먹는 게 아니었는데 엉엉."
"그러니까 요…… ㅊ……."
"역시 요가는 나랑 안 맞는 거 같아."

전굴은 등(흉추)을 굽히는 게 아니라,
꼬리뼈(요추)에서부터 일어나야 합니다. 반대로
척추의 회전은 꼬리뼈(요추)의 수평 상태를 유지한
상태로 갈비뼈(흉추)에서 일어나야 하죠. 줄여서

'전요회흉'이라고 부를게요. 전굴은 요추! 회전은 흉추!

골반 위치가 정상인지도 체크해보아야 하는데요.
전굴할 때는 골반을 전만(앞으로 기울게)하여 요추와
천골을 늘려야 하는데 햄스트링이 당겨서 경직된
상태에서는 골반이 후만(뒤로 기울게) 됩니다.

"제 골반 위치가 정상인지는 어떻게 알 수 있을까요?"
"누워서 다리를 들었을 때 수직까지
올리지 못한다면, 후만입니다."

당분간은 요추 아래 요를 깔아서 골반의 위치를
맞춰보도록 할게요.
서서 자세를 취할 때는 꼭 무릎 찬스!
1＋1으로 챙겨주세요.

분노 조절 3단계

보라돌이 5호선을 타본 사람은 알 것이다. 상일동행과 마천행 둘이 있는데, 상일동행은 드물게 온다. 아무 생각 없이 탔다가는 둔촌동에서 내려 갈아타야 한다. 계단을 오르고 내려 다시 한 정거장 뒤로(강동역) 가서 상일동행을 타야 하는데, 여기도 참으로…… 경의중앙선 뺨치게 안 온다.

나는 대중교통에서 헤맬 때마다 자기혐오에 시달린다. 심호흡을 하면서 괜찮다고 다독여주지 않으면 나를 향한 삿대질이 가라앉지 않는다. 큰 잘못은 쉽게 눈감아주면서 왜 유독 찰나의 실수에만 엄격한지 모르겠다. 아마도 바보 같은 실수를 반복한다는 한심함이 가장 클 것이다.

하지만 오늘은 마의 마천행을 탔음에도 불구하고 아무렇지 않았다. 숙소 예약을 잘못하는 바람에 22만 원이 공중분해됐기 때문이다. 결국 나는 '지하철 따위 잘못 타면 어때, 기왕 이렇게 된 거 수련 안 가지 뭐'가 되어 발걸음을 돌렸다. 나는 이미 불의 신, 아그니 자체다.

기억은 지난 주말로 거슬러 올라간다. 나와 애인은 바다에 가기로 했다. 주말에 강릉에 가자고. 그래서 에어비앤비를 둘러보던 참이었다. 바다를 보며 스파를 할 수 있는 방을 발견했다.

여기야! 드디어 러쉬 비누들을 쓸 수 있어! 가격이 조금 비쌌지만 이럴 때 아니면 언제 또, 라는 생각으로 결제해버렸다. 그러자 애인의 반응은 '안 돼'였다. 뭐라고? 나의 반응은 '취소'였다. 오늘은 화요일이며 예약은 토요일이다. 규정에 5일 전 취소는 전액 환불이 안 된다고 쓰여 있었다. 엎친 데 덮친 격으로 방 사진이 똑같았던 202호와 204호를 헷갈린 나머지 두 곳을 예약해버렸다. 게다가 이곳은 자동 결제 시스템이다. 한마디로 새 된 것이다.

호스트는 소리를 빽빽 지르며 난 모른다고만 외쳐대는 전형적으로 말이 안 통하는 어르신이었고, 통화만으로도 벌벌 떨렸다. 에어뭐시기 상담사들은 알아보겠다면서 감감무소식이었고, 다시 전화를 걸 때마다 상담사가 바뀌어 나의 실수를 처음부터 다시 읊으며 고해성사를 해야 했다. 그 과정에서 '분노'라는, 잊고 지냈던 낯선 감정이 끓어올랐다. 지하철 잘못 탔을 때의 짜

증과는 차원이 달랐다. 감정을 주체할 수 없다는 생각이 더욱 분노를 돋구었다. 나는 어쩔 줄 몰랐다. 기분을 나아지게 할 수 있는 수백 가지 방법 중 단 하나도 떠올릴 수 없는 상태가 되었다. 헛살았도다. 이제 어디로 가야 할까(집으로? 일터로? 애인에게로?) 고민하다가 인쇄소로 향했다.

주문했던 명함과 요가 스티커를 찾아 백팩에 넣었다. 그래도 감정은 여전히 용암 덩어리. 그나마 현자 코스프레를 하는 자아가 나에게 대화를 시도한다. '그래도 50퍼센트 환불해주는 게 어디야. 고작 돈이잖아. 다시 벌면 그만이지. 어디 다친 것도 아니고.' '…….' 달래도 소용없다. '너 요가하는 사람 맞아?' '꺼져.' 다그쳐도 소용없다.

분노 다음은 슬픔이었다. 상황을 납득할 수 없을 때는 무작정 분노하더니, 이미 끝났다는 생각이 들자 슬퍼진 것이다. 요 며칠 잠도 못 자며 수업하고 다관에 데이면서 번 돈을(과장이다) 고작 몇 분 만에 날리다니.

결국 요가원으로 향하는 버스를 탔다. 애인에게 감정을 털어놓았더니 자신도 어떻게 해야 할지 모르겠단다. 그는 나를 달래려고 최선을 다했지만 소용이 없었다. 그럼 돈인가? 돈 때문에 내가 이 지경이 된 것인가? 그렇다면 돈을 달라. 그러자 애인이 22만 원을 입금해주었다. 자신의 잘못도 아닌데 이렇게 선뜻 보내주다니. 한껏 감정을 쏟아내고 나니 배가 고파졌다. 주섬주섬 가방에 싸 온 바나나 두 개를 꺼내 우물우물 먹으며 다음 감정을 기다린다.

분노와 슬픔 다음은 냉정이었다. 싸늘해졌다. 머리가 차가워지니 이성이 돌아왔다. 나는 천천히 문자 메시지를 쓰기 시작했다. "호스트님, 제가 온라인에 글을 써도 괜찮을까요?"

드르륵 미닫이 문을 닫고 세상을 차단한다. 넓고 고요한 공간, 매트 하나와 몸뚱이 하나뿐이다. 이제 수련을 시작하자. 천천히 수리야 나마스카라와 선 자세를 진행한다. 어제 하타 수련 때 했던 드롭 백 컴 업을 한다. 내 손은 늘 발등 근처를 서성이다가 돌아오곤 했었지. 그래. 오늘은 발목을 잡아버려.

잡았다. 백 벤딩back bending, 가슴을 내밀어 등을 접는 후굴 자세이 갱신되었다. 최악이던 하루의 끝자락에서 새로운 후굴의 세계가 열린 것이다. 마무리 자세를 끝내고 매트에 누워 생각한다. 후굴이 마음을 여는 자세라 배웠다. 어떤 마음을? 밝고 넓고 깊고 상냥한 마음을 널리 열어내는 줄 알았는데, 아니었다. 내 경우, 어둡고 더럽고 악취가 진동하는 마음까지도 열어젖혀 마주하는 것이었다.

판도라의 상자였나. 그동안 기다려왔던 내 관문은 이것이었나. 내 그릇은 얼마나 작은가. 정말 이렇게 작고 볼품없는 줄 몰랐다. 그동안 애인과 고양이, 가족과 친구들, 내 곁을 지켜준 큰 그릇의 당신들이 나를 품어줬던 것인가.

수련을 끝내고 간단히 물 샤워를 했더니 몸과 마음이 개운해졌다. 스마트폰을 들여다보니 문자가 도착해 있다. 전액 환불 조치 완료.

푸르바따나아사나

Purvattanasana

전굴로 서쪽(뒷면)을 늘렸으니, 이제는 동쪽(앞면)을
활짝 열어 척추에 받았던 압력을 완화할 차례입니다.

"그렇다면 푸르바purva는 동쪽이겠군요."
"맞아요. 깊은 후굴을 위한 준비 자세랍니다."

1. 손은 엉덩이 한 뼘 뒤에, 손끝이 엉덩이를 향하게
둡니다.
2. 발은 가지런히 모아서 바닥을 밀어냅니다.
3. 골반을 들고 고개를 천천히 젖혀줍니다.
4. 발가락이 뜬다면, 가지런히 모아서 뒤꿈치만
눌러줍니다.

유연해지고 싶지 않다

"하타 요가 어떻게 생각하세요?"

"책에서 읽었는데, 하타가 원래 고행을 위한 수련이래요. 버티고 견뎌내는. 인 요가는 힘을 빼면 되는데, 하타는 힘을 줘야 하는지 빼야 하는지 모르겠어서…… 30분 넘게 하다 보면 오히려 성격 버릴 거 같아요."

그러셨구나. 의외였다. 선생님은 스캇 펙의 『그리고 저 너머에』를 읽고 있었다. 하늘색 양장본만 봐도 알 수 있다.

나는 하타를 싫어하나? 그건 아니다. 사귀고 싶지 않을 뿐 인연을 끊고 싶지는 않다. 뭐랄까 남자 사람 친구 느낌이다. 내가 하타를 좋아하지 않는 이유에 대해 터놓고 말해보자.

1. 일단 다 함께 같은 동작을 연습하면서 될 때까지 시간을 충

분히 주는 상황 자체가 수련에 경쟁심을 부추긴다. 나는 승부욕이 강하다. 그래서 크로스핏도 한 번 하고 때려치웠다. 남녀가 섞여 단거리 달리기를 했는데 1등을 하고 말았다. 그때 내 안에서 어떤 불꽃이 일었는데, 그것은 분명 나를 태울 수 있는 불길이었다. 요가는 스포츠가 아니기 때문에 나 같은 스트리트 파이터는 애초에 그런 판에서 얼쩡거리면 안 된다는 확신 같은 게 있다. 이겨봤자 남는 게 없는 게임인 걸 알면서도 일단 나만의 스파링에 던져지면 통제할 수가 없다.

2. 자신이 할 수 있는 만큼만 하면 된다고 무리하지 말라고 하면서도 더, 더, 더 해보라고 응원하고 그러다가 해내는 사람을 칭찬하는 그런 모순이 불편하다. 마이솔에서는 진도(아사나)를 받는다. 그래서 자기 진도에 맞춰 수련하면 된다. 서너 번 연습하다가 다음 동작으로 넘어간다. 레드 클래스(구령 수업)에서는 최소 다섯 번, 최대 열 번의 카운트를 세며 아사나가 이어지기 때문에 못하면 그냥 넘어가게 된다. 그렇게 매일 잠깐씩 해보면서 조금씩 느는 쏠쏠한 맛이 있다.

3. 아쉬탕가에서 빈야사가 밥이고 아사나가 반찬이라면, 하타는 뭐랄까…… 반찬만 먹는 느낌이다. 곱창만 집어 먹는 거다. 짜다. 나트륨 과다 섭취. 자극적이지만 맛있다. 깊은 전굴과 과한 후굴 사이 약간씩 곁들이는 휴식 자세가 있지만 승늉 같다.

그래도 좋다고 따르는 사람들이 그토록 많다면 분명 뭔가가 있는 거겠지. 내가 아직 '그 맛'을 모를 수도 있다. 뭐 그렇다고 나까지 촐랑촐랑 따라갈 필요는 없다. 늘 그렇듯 하는 사람이 문제지 요가 자체에는 아무 문제가 없다. 게다가 지금은 아쉬탕가랑 연애 중이라, 남사친의 매력이 안 느껴지는 걸지도 모른다. '그리고 저 너머에' 뭐가 있는지 내가 가늠할 수 없겠지만, 지금 여기에 뭐가 필요한지는 생생하게 느낄 수 있다.

"자유롭게 살고 싶거든 없어도 살 수 있는 것을 멀리 하라." 톨스토이가 말했다. 가장 먼저 떠오르는 건 엊그제 주문한 카키색 크롭 티와 박스 티지만, 지금은 유연성이다. 더 이상 유연해지고 싶지 않다. 나는 이미 보통 사람의 범주에서 유연하다 못해 과신전된 상태다. 평생 이 몸 안에서 건강하게 살고 싶다면, 적당한 근육으로 관절과 인대를 보호할 필요가 있다. 굳이 허리를 꺾어 발이 이마에 닿게 하거나(우연히 닿는다면 모를까) 지난번처럼 손으로 발목을 잡으려 기를 쓸 필요가 없는 것이다.

지금 나는 누군가에게 다그치는 게 아니다. 어제 하타를 하고 삭신이 쑤신 스스로를 혼내고 있는 중이다. 우쭐한 모습이 담긴 내 사진을 보니 왠지 재수가 없다. 자기만족을 가장한 자만이 부끄럽다.

우쭐할수록 찌질해지는 자아의 세계!

"우울한 것보다는 우쭐한 게 낫겠죠?"

"우쭐하다가 다치면 우울해지겠죠."

24

아르다 밧다 파드마 파스치마따나아사나

Ardha Baddha Padma Paschimattanasana

앞서 배웠던 단어들을 복습해보겠습니다.

아르다ardha는 '반띵'
밧다baddha는 '묶다'
파드마padma는 '연꽃'의 가부좌를
파스치마paschima는 '서쪽'을 의미했죠?

그렇다면 이 자세에서는 다리를 반만 묶은 반가부좌로
몸의 뒷면을 늘리면 됩니다.

복부를 정화하는 데 탁월한 자세지만, 발뒤꿈치가
정확히 하복부에 위치하도록

1. 가장 먼저 고관절을 회전시켜야 합니다.
2. 고관절 다음은 무릎 회전,
3. 무릎 다음은 발목 회전.

게다가 등 뒤에서 발을 잡으려면 어깨도 회전되어야
합니다.

만약 고관절이 타이트해 가장 먼저 회전을 허락해주지
않는다면, 무릎과 발목이 비틀려 아플 수 있어요.

'고관절 압착(회전 안 해줌)지점'에 있다면 밀어붙이는 '힘'보다는 '호흡'으로 부드럽게 나아가는 게 중요합니다.

하체가 준비되었다면 이제 상체입니다.

1. 등 뒤에서 오른쪽 발가락 잡았다! 왼손은 왼쪽 발 날을 잡아주세요. 이제 전굴을 할 차례입니다. **전요회흉** 기억하시나요? 전굴은 요추! 회전은 흉추!
2. 복부를 당기는 호흡으로 척추를 길게 늘입니다.
3. 손으로 발 날을 당기는 힘으로 등이 굽기 전까지 내려가볼게요.

지구를 들어라

"수련하다가 뇌진탕으로 뒈질 수도 있겠구나……." 땀이 많이
나서 또 미끄러질 뻔했다. 장마와 폭염이 번갈아 오고 있다. 미
친 듯이 비가 오다가도 뚝 그치고 매미가 빽빽 운다.

비가 올 때는 수련을 가지 않는다. 지하철에서 풍기는 특유의
꿉꿉한 냄새가 싫다. 그래서 주말 내내 셀수를 했다. 셀수란 셀
프 수련을 말한다. 문센(문화 센터)처럼 괴상한 줄임말이지만, 언
젠가부터 해시태그에 자주 등장하고 있다.

어제 눅진한 마이솔을 두 시간 정도 했다. 그래서 오늘은 딱
히 아쉬탕가가 하고 싶지 않던 차에 아까 친구랑 나눴던 대화
가 떠올랐다. 필라테스 강사인 친구가 이렇게 물었다. "푸시 업
못해도 핸드 스탠드 할 수 있어?" 나는 가능하다고 답했다. "너
도 요즘 연습해?" "아니, 안 해."

8월부터(수업이 줄어들어 자유로워지면) 본격적으로 맹연습할 거라고 번지르르하게 대꾸하고 나자 의문이 든다. 왜, 지금은 자유롭지 않아? 아니, 꼭 그런 건 아닌데……. 물끄러미 시선이 닿은 곳에 하얀 벽이 보였다. 벽에 비치는 조명이 제법 분위기 있다. 그렇게 나는 그 벽으로 발을 내던지기 시작했다. 손으로 바닥을 짚다가 물리면 팔꿈치로 바꿔 대면서, 한 시간가량 신나게 놀다 보니 뭔가 감이 왔다. 나는 늘 헤드 스탠드(머리 서기)를 연습하는 회원들에게 벽에 가서 하지 말라고 말해왔다. 벽이랑 한 번 사귀면 헤어지는 데 시간이 또 걸린다고. 그렇다면 핸드 스탠드도 마찬가지 아닐까. 적당히 썸 탄 거 같으니…… 저리 멀찍이 가서 해보자.

지구를 들었다! 두 다리를 가지런히 모아 올리지는 못했지만(쩍벌로 균형 잡음) 공중에서 머무는 뭉근한 느낌이 온몸에 퍼졌다. 몇 초였지만, 몸이 새털처럼 가볍게 느껴졌고 시간이 멈춘 듯했다. 나도 모르게 오오! 워어어! 소리를 질렀다. 물론 넘어질 때는 그대로 손이 닿으면서 우르드바 다누라아사나(246쪽 참조)가 되었다. 엉덩이가 먼저 닿는다면 아무리 범퍼가 빵빵한 나라도 천골이 울릴 것이다.

그렇게 송글송글 맺힌 짜릿한 전율(일명 요르가즘)은 마지막 수업까지 이어졌다. 나는 그 기운을 전하고 싶었던가. "사소한 일이라도 상관없으니, 심장 뛰는 삶을 살면 좋겠다"라고 클로징 멘트를 했는데 한 회원님이 매우 좋아해 줬다. 흔하디흔하다 못해 오글거리는 문장인데……. 나는 또 내가 듣고 싶은 말을 지껄인 것이다. "심장이 뛰려면 어떻게 해야 할까요?" "커피를 마시면 됩니다."

다음 날 새벽에도 심장은 계속 뛰고 있었다. 이 기세를 몰아 새벽 수련까지 도전해볼까. 나는 눈을 뜨자마자 집에서 튀어나왔다.

역시 오길 잘했다! 영상은 엉망으로 촬영됐지만(카메라가 스르륵 고개를 떨굼) 상관없었다. 선생님의 손길은 몸으로 외웠으니까.

오늘은 머리 서기를 10분 정도 했다. 이루 말할 수 없는 편안함을 느꼈다. 가장 신기한 건 호흡이었다. 숨이 새근새근 부드러워지는 지점이 분명 있었다. 작은 근육의 섬들이 유기적으로 연결되어 완전해지는 느낌……. 오늘처럼 우연히 닿아 머무는 게 아니라, 어딘지 정확히 찾아내 10분 넘게 떠다니는 법을 익히고 말겠다.

수련이 끝나고 로비에 앉아 맑은 차를 마시는데, 옆에서 웃통 벗고 낑낑대며 수련하던 남자가 만트라에 대해 물었다. 구글링

하면 나오는 정보를 굳이 물어보는 사람 귀찮다. 어마어마하게 잘생기셨다면 열심히 대답해드렸겠지만……. 옆얼굴만 잘생기셔서 대충 대답하고 말았다.

본가로 이동해 엄마 밥(아점)을 먹는다. "요가 강사 때려치워!" 엄마가 외친다. 내가 핸드 스탠드에 성공한 짤을 프사(프로필 사진)로 해둔 걸 본 것이다. 위험해 보인다고. 그런 걸 왜 하느냐고. 몸 말고 머리 쓰는 일을 하라고. "요가 하면 뇌가 발달해." "지 아빠랑 똑같은 소리 하네."

그 밖에도 막장 드라마 대사를 흉내 낸다. "돈 많은 남자한테 시집 보낼 거야." "나는 결혼 안 할 건데. 딸이 또 있었어?"

지구는 들어도 엄마 말은 절대 안 들어요.

25

트리앙가 무카에카파다
파스치마따나아사나

Triangamukhaekapada Paschimattanasana

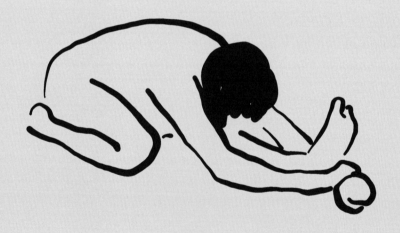

트리앙가^{trianga}는 몸의 세 부분을 뜻합니다.
무릎을 접어 발이 엉덩이를 향하고 있으니
'발, 무릎, 엉덩이'를 일컫겠죠.
무카^{mukha}는 얼굴, 에카^{eka}는 하나, 파다^{pada}는
발 혹은 다리. 그대로 풀어보면 '한쪽 다리에
얼굴(뺨)을 대라'겠네요.

이전 자세에서 고관절을 '외회전'으로 열었으니
이번에는 '내회전'해줄 차례입니다.
종아리 근육(혹은 살)을 바깥으로 빼면서 무릎을
접습니다.

"접은 다리 쪽 엉덩이가 너무 뜨는데요?"
"편 다리 쪽 엉덩이 밑에 수건을 접어 깔아주면 골반
높이가 비슷해질 거예요."

1. 발가락 잡을 수 있다! 발 날을 잡도록 노력합니다.
2. 발 날 잡았다! 발바닥에 깍지를 끼려고 노력합니다.
3. 깍지 꼈다! 반대쪽 손목을 잡을 수 있도록
노력합니다. (잡힌 손목은 잡혀 살지 않도록 주먹을
쥡니다.)

가장 중요한 건 어깨 위에 귤 하나 들어갈 공간을
마련하는 거겠죠? 어깨가 올라가지 않도록 등 쪽으로
'가볍게' 끌어내려줍니다.

NO PAIN 노 페인

후시딘을 바른다. 왼쪽 정강이와 오른쪽 무릎, 붉게 드러난 상처 위에 듬뿍 짜 얹는다. 그 위에 살색 밴드를 붙인다. 두 다리를 곧게 펴고 넋을 놓고 있자 애인이 들어와 한마디 한다. "화려하네."

화려한 한 주였다. 자유의 맛은 확실했다. 그동안 만나지 못했던 친구들을 실컷 만났고, 수련도 매일 했다. 늘 궁금했던 자이로 키네시스 수업에도 참여했고 새벽 마이솔도 갔으며 유명한 선생님의 하타 수업도 들으러 갔다. 밥을 한 시간 전에 먹었다는 둥, 지갑을 두고 나왔다는 둥 갖은 변명으로 놓쳤던 레드 클래스에도 참여했다. 하지만 주말에는 셀수했다. 특별히 하타 요가로.

토요일. 종일 집에서 뒹굴뒹굴 굴러다녔다. 심지어 낮잠도 세 시간 넘게 잤다. '왜 이렇게 게으른 거지?' '뭐 어때. 하루쯤은……' 이런 대화를 무한 반복하며 빈둥대다 보니 저녁나절이 될 때까지 한 일이 하나도 없는 사태가 발생하고 말았다. 고귀한 주말의 2분의 1을 이따위로 날려버리다니! 심지어 저녁으로 피자에 치킨까지 먹어치운 상태였다. 뒤늦게 찾아온 죄책감에 한 방 맞은 나는 저조한 컨디션에도 불구하고 뭐라도 해본답시고 매트를 깔고 유튜브를 틀었다. 하타 수업 영상이다.

숩타 비라아사나(무릎을 꿇고 뒤로 누운 자세)에서 포기했다. 쉬운 자세인 줄 알았는데 5분 넘게 버티자니 십자인대들이(+0+) 비명을 지르기 시작했다. 이때 컨디션이 구리다는 걸 제대로 느꼈는데 그냥 쉴걸……. 이미 나는 '뭐라도 해야 한다'는 오기에 눈이 멀어 'want to'가 아닌 'have to'로 나아가고 있었다.

결국 시르사아사나(머리 서기)를 하다가 고꾸라졌다. 하필 앞에 소형 냉장고가 있었고, 모서리에 찍히고 말았다. 원숭이도 나무에서 떨어질 때가 있다? 아니, 나는 원숭이가 아니다. 원숭이 흉내를 내는 인간일 뿐. 그렇게 오른쪽 무릎이 조금 벗겨져 야수의 붉은 잇몸 같은 살점이 드러나고 나서야 나무에서 내려올 수 있었다.

일요일. 아침부터 본가로 향한다. 오늘은 엄마의 생신, 가족끼리 모이는 날이다. 엄마+아빠=남동생과 나, 언니+형부=조카. 어느새 불어난 일곱 식구가 모였다. 우리는 남양주에 있는 월남쌈 무한 리필집에 갔고, 무한 쌈을 싸다가(싸자마자 사라진다) 옆 카페로 이동했다. "뭐 마실래?" "나는 아아(아이스 아메리카노)." "나도 아아." 다들 아아였고, 특별히 엄마가 좋아하는 치케(치즈 케이크)도 한 조각 주문했다.

오늘도 주인공은 역시 조카다. 어찌나 귀여운지 다들 넋을 놓고 아기만 보고 있다. 옆에 앉은 나는 발가락 힘이 좋다며 양쪽 검지를 아기의 열 발가락에 끼워 넣고 놀았다. 조카는 요즘 감각 놀이를 하느라 실컷 만지고 있다고. 오늘은 얼음이었다. 다 마신 커피의 얼음을 테이블에 쏟아놓고 아기가 만지작거리되 먹지 못하도록 제지했다.

얼음도 다 녹고 아기가 잠투정을 부릴 때 즈음, 언니가 가족 사진을 제안했다. 한 장 남겨줘야 한다며. 최근 계속해서 수련 영상을 찍어대던 나는 최상의 각도 부심에 취해 벌떡 일어나 사진 찍을 위치를 찾기 시작했다. 단상 위에 카메라를 설치하고 10초 타이머를 누른다. 그리고 run away……. 정신없이 내달리다가 어린이용 테이블(이 왜 여기)에 정강이를 찧었다. 다행히 사진은 제법 잘 나왔다. 사진작가도 아니면서 그런 투혼은 어디서 나오는 것일까. 내다버리고 싶다.

헤어지기 직전, 엄마가 꼭 안아준다. 뙤약볕 아래에서 버스를 기다리는 나에게 연신 부채질도 해준다. 내가 지루하지 않게 재미있는 이야기도 해준다.

"먹고 난 그릇이랑 반찬을 그대로 둔다는 거야."

"그래? 내 애인은 절대 안 그래."

"그래서 내가 어떻게 하라고 한 줄 알아?"

"어떻게 하라고 했는데?(영혼 없음)"

"그대로 두라고 했어. 그리고 퇴근하고 돌아오면 보는 앞에서 반찬을 개수대에 다 버리는 거지. 이미 상했을 우유도 콸콸 쏟아붓고."

마침 버스가 도착했다. 할 말을 잃는 나는 두 손으로 엄지를 척 내밀며 버스로 올라탔다. 아빠가 왜 그토록 엄마를 사랑하는지 알 것만 같다. 해맑고 앙증맞다가도 냉정하고 가차 없는 외유내강 언중유골의 엄마. 당신의 성정을 내가 조금이라도 닮았다면 얼마나 좋았을까.

몇십 년 만에 엄마의 콜레스테롤 수치가 정상이 되었다. 엄마 말에 따르면, 아기 덕분에 많이 웃어서라고. 언니는 조카를 낳았지만, 나는 무엇을 낳을 수 있을까? 돌아오는 내내 이런 생각을 했다.

버스에서 내리자마자 짐gym으로 직진했다. 제로 콜라 한 병을 사 들고 지하 2층으로 내려간다. 한 걸음 내디딜 때마다 시원하고 고요해진다. 속세에서 멀어진다. '그래 너 오늘 수련 안 했지. 어제 망했다고 오늘도 망하겠어? 오늘은 컨디션 좋으니까 괜찮아. 오랜만에 가족 사랑 듬뿍 머금었으니까 괜찮아(특히 아기 효과). 다시 도전해보자.'

일단 수리야 나마스카라로 몸을 풀었다. 항상 수리야로 몸을 풀어와서 그런지 다른 아사나로 호흡만 해서는 부족한 느낌이 든다. 수리야를 끝내자마자 매트 네 개를 더 가져와 깔았다. 벽에 발 던지기를 해보고 나서 약간 감을 잡은 상태였지만, 그래도 조금 무서웠다. 넓은 매트 위로 두어 번 넘어가고 나니 힘이 동났다. 그래, 핸드 스탠드는 여기까지.

그렇게 하타 수련을 본격적으로 시작했다. 하타 수업을 통해 처음 접한 신기하고 시원한 아사나를 복습했다. 깊은 전굴과 후굴 사이를 채워주는, 몸이 원하는 아사나를 본능적으로 찾아 골고루 섞어줬다. 몸에게 이끌려가는 기묘한 경험이었다.

어제와 달리 각각의 아사나 속에서 여유를 느꼈고 그 온화함은 자신감으로 직결되었다. 지금 여기, 타인은 없다. 오롯이 나뿐이다. 내가 해내건 못하건 상관없다. 나만이 알 수 있다. '그래, 혜원아. 지금을 기억해. 건강한 느낌에만 집중해. 아사나가

아무리 유혹해도 좇지 마. 할 수 있으면 가고, 못하면 물러서. 괜찮아. 그게 진짜 수련이야.'

처음에 실패했던 드롭 백을 마지막에 다시 했다. 이번에는 두 팔을 들고 '만세' 하고 내려갔다. 뒤로 다이빙하는 느낌이었다. 수련을 왜 '수련'이라 부르는지 이제야 알겠다. 부디 까먹지 말기를……

26

자누 시르사아사나 A

Janu Sirsasana A

자누janu는 무릎, 시르사sirsa는 머리니 말 그대로 '무릎 위에 머리를' 두면 됩니다.

1. 발뒤꿈치가 회음부 가까이에 닿도록 허벅지 안쪽으로 끌어옵니다.
2. 다리는 둔각이 되도록 직각보다 더 벌려줍니다.
3. 뻗어 있는 다리가 옆으로 기울어 골반이 열리지 않도록, 발을 수직으로 세워줍니다.

'이마-코-입술-턱' 순서대로 무릎에 닿도록 나아가는 게 정석이지만, 턱을 대고 발가락을 볼 경우 뒷목과 어깨가 경직될 수 있으니 무릎에 '이마'를 붙이고 겨드랑이 밑에 있는 전거근을 조이는 데 집중해 볼게요.

소화력은 물론, 만성 냉증에도 좋은 자세입니다. 〈겨울왕국〉의 엘사 같은 분들에게 아주 좋겠죠.

오늘의 주제는 휴머니즘

8월 7일 수요일

하타 선생님은 수업 내내 눈을 감고 있었다. 지시어와 함께 해부학적 설명과 요가 경전 이야기와 침묵을 적절히 섞으며 긴 시간을 차분히, 촘촘히, 깔끔하게 이어갔다. 눈을 떠서 학생을 살펴보지 않았다. 내가 눈을 감고 있어서 못 느꼈을 수도 있다. 초보자와 숙련자가 다르게 접근할 수 있도록 계속 옵션을 넣어주었다.

단다아사나를 비롯해 처음 해보는 아사나들이 많았는데, 아마도 고난도 자세였을 것이다. 이때는 눈을 떠서 자신의 아사나를 지켜보게 했다. 일단 시범을 보고 설명을 듣고 도전해보는 시간을 가졌지만, 부추기지는 않았다. 오히려 다칠 수 있으니 하지 말라고 했다.

호흡이 아사나를 이끌라 누누이 말씀했다. 호흡이 아사나에 끌려가지 않도록. 아쉬탕가에서는 아사나가 끊임없이 이어져 호흡을 잃기 쉽기 때문에 선생님도 늘 아사나와 호흡의 합일을 최우선시한다.

그리고 아사나를 하는 이유가 명확해야 한다고 강조했다. 우리가 갖고 있는 생각의 틀, 패러다임을 깨부수기 위해 고난도 자세를 하는 것이므로 그 외의 이유로 고난도 아사나를 수행하게 되면 심신에 고통을 불러온다고.

끝나고 차를 마시며 대화를 나눴다. 차를 마실 수 있는 공간이 높은 테이블이라서 좋았다. 뭔가 예의 차리지 않고 수더분하면서도 카리스마 넘치는 선생님의 분위기가 좋았다. 수련으로 다져진 몸과 편안한 표정이 모든 걸 증명하는 듯했다. 무엇보다 함께 수련한다는 느낌이 좋았다. 고난도 자세를 시연하려면 선생님 또한 뭉근한 준비가 필요하니까.

초면에 좋은 이미지를 받은 경우, 새로운 면모를 발견하면서 감탄을 거듭하거나 빠르게 실망한다. 그만큼 사람과의 거리가 중요한 것도 있지만, 쓸데없는 필터를 끼우지 않도록 주의해야 한다. 그래도 인간에 대한 기대와 기준은 잃지 않을 것(나 자신을 포함하라, 우선하라). 배울 점은 기꺼이 취하고, 나머지는 휴머니즘이려니 초월할 수 있는…… 초능력이 생겼으면 좋겠다.

8월 15일 목요일

"컨트롤 못하면서 왜 해. 주제 파악해야지." 그렇다. 주제는 전굴이라 허벅지가 배에 닿을 정도로 당기며 점프를 시도해야 했는데, 주제 파악을 못 한 나는 계속 다리만 뒤로 던지다가 넘어져버렸다. 낙법으로 떨어지긴 했으나, 내 앞에 여자가 있었다. 다행히 그녀 바로 앞에 착지했지만, 그다음부터는 뒤에 있는 벽을 향해 연습했다. 30여 명의 얼굴이 순식간에 굳은 것은 내가 넘어져서만은 아닐 것이다(나를 시작으로 여기저기서 넘어가기 시작했다). 오히려 그 문장을 발화한 선생님이 당황해 헛웃음을 곁들여 분위기를 다독이려는 노력이 느껴졌다.

친구는 그가 드디어 본색을 드러냈다면서 좋아하는 동시에 나 대신 열받아 했다. 요가 자체는 너무 좋지만, 언어라는 양날의 검이 얽힐 경우 피곤해진다.

결국 나는 마지막까지 남아 아도 무카 브릭샤아사나(핸드 스탠드)를 연습했다. 그러자 그가 다가와 말했다. "다시 해봐. 어디서 배운 적이 없어서 그래. 몰라서 잘 못하는 건 괜찮아. 근데 배웠는데도 못하면 안 돼." 그리고 모두를 향해, "제가 수업 중에 좀 뭐라고 하는 거는, 그 사람이 할 수 있는데 의식 없이 그냥 해서 뭐라고 하는 경우가 되게 많아요." 덕분에 어떻게 핸드 스탠드를 연습해야 하는지 감을 잡을 수 있었다.

27

마리챠아사나 A

Marichyasana A

'마리치Marichy'는 사람 이름입니다. 인도의 신화에서 마리치는 '마음의 힘으로 생명을 창조'하는 신 브라마의 아들이자, 태양의 신 수리야의 할아버지입니다. 예사로운 족보가 아니죠. 맞아요. 마리치는 '현자'이자 마리챠아사나를 발견한 사람입니다. 그래서 이 자세를 수련하면 현자의 장점을 물려받을 수 있다고 전해집니다. 마리챠 시리즈를 애정하는 저로서는, 현자님께서 굉장한 소화력의 소유자가 아니었을까 짐작해봅니다.

두 다리 사이는 골반 너비로 벌려줍니다. 이때 골반이 안정되도록 수평을 맞춰주는 게 좋아요.

이제 등 뒤에서 손을 잡아볼까요?

어깨 회전근은 '항상 부드럽게' 쓰도록 합니다. 팔을 길게 뻗어 손바닥이 하늘을 향하도록 어깨를 충분히 회전한 후, 팔꿈치를 접어볼게요. (팔을 대충 뻗어 어깨가 충분히 돌아가지 않은 상태에서 팔꿈치만 접게 되면, 어깨 회전근이 상할 수 있습니다.)

등 뒤에서 깍지를 끼거나 반대쪽 손목을 잡습니다.

딱 봐도 복부가 강하게 수축할 거 같죠? 소화의
불(아그니)을 지피기 때문에 혈액순환을 개선해줍니다.

* 아그니는 인도 신화에 나오는 '불의 신'입니다. 피를
끓여 노폐물을 걸러주는 다이어트의 신이지요.

에고의 춤

아쉬탕가가 애인이라면 하타는 남사친이며 현대무용은 짝
사랑 정도 되겠다. 평화로운 금요일 오후 세 시, 짝사랑하는 그
녀를 훔쳐보러 갔다. 이름조차 매력적인 '마사 그레이엄Martha
Graham'. 블로그에서 그녀를 소개하는 문장에 끌렸다. "기교적이
고 화려한 춤보다 내면적인 움직임 자체가 춤이 되는 무용을 배
우고 싶다면 도전해보세요!"

같이 간 친구는 몇 년 전 이곳을 1년간 다녔고, 나는 발레를
배운 경력이 있어서 처음치고는 그나마 잘 따라간 편……이라
는 건 우리들의 착각 혹은 위안이었을 것이다. 사실 주말(중급
반)에 오려다가 불발되어 오늘로 미뤘다. 뭐 초급반이라면 괜찮
겠지! 호기롭게 룸에 들어서자마자 뜨악했다. 머리카락을 한 올
도 남김없이 올려 묶고 비장한 표정으로 앉아 있는 어린 친구

들. 가늘고 긴 팔다리만 봐도 전공자다. 그러고 보니 나의 레오
파드, 발레 학원 탈의실에 두고 왔다. 털어보면 20대의 가난과
미련이 잔뜩 날릴 것이다.

몸 푸는 부분은 어지간히 따라갔지만, 막상 안무가 곁들여지
기 시작하자 난리도 그런 난리가 없었다. 짝사랑에 그칠 수밖에
없었던 결정적인 이유이기도 한데, 나는 안무를 잘 못 외운다.
심각하다. 막상 외워야 한다는 압박감이 덮쳐오면 좌우 구분이
전혀 안 되고, 상하체가 따로 논다.

새로운 학생의 얼굴을 똑바로 쳐다보며 '앤 카운트'를 제법 디
테일하게 설명해주던 선생님이 점점 내 눈길을 외면하기 시작했
다. '아무리 말해도 쟤 몸이 못 알아먹을 것이다'라는 사실을 빠
르게 간파한 거겠지. 내가 강사라도 그랬을 것이다. 나는 담담하
게 받아들이고 씩씩하게 막춤을 이어갔다.

무용에 인생을 건 친구들의 눈빛은 확실히 달랐다. 그들은
선생님의 조언을 한 톨도 남김없이 빨아들이느라 내가 아무리
오징어처럼 흐느적거려도 전혀 신경 쓰지 않았다(그래서 편했
다). 자신의 내면을 샅샅이 파헤쳐 찾아낸 섬세한 결을 전신으
로 표현하는 데 온통 정신이 쏠려 있었다. 날아오르는 순간만
큼은 완벽히 자신의 에고^{ego}에 취해 있었다. '저게 진정한 몰입
이구나' 속으로 연신 감탄했다.

막판에는 설명이 하나도 없었다. 우리는 그냥 막 애들이 튀어 오르며 나아갈 때마다 어영부영 뒤따라갈 뿐이었다. 안무 바보인 나는 그들의 손과 발을 열심히 노려보며 오른발 왼손 왼발 왼손? 웬걸 아무리 봐도 모르겠다. 어쩌라는 것인가. 결국 싸이처럼 두 팔꿈치를 위로 쳐든 새가 되고 말았다.

끝나고 로비에서 친구와 물을 마시며 낄낄거리고 웃다가 사레가 들려서 캑캑거리고 있었다. 마침 내게 이곳을 알려준 남자(필라테스 강사)가 지나간다. 아까 내 뒤에서 출 때는 제대로 보지 못했는데 자세히 보니 인스타그램에서 봤던 모습과 똑같아서 신기했다. 피드에서 그의 얼굴 사진을 자주 봐서 그런가 익숙한 느낌마저 들었다. 그래서 나도 모르게 친한 척 인사를 건네고 말았다. 그가 당황한다. 아, 맞다. 그는 나를 모르겠지. 내 계정에는 온통 요가 드로잉뿐이다.

28

마리챠아사나 C

Marichyasana C

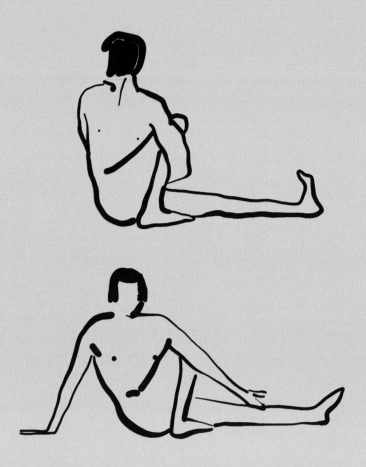

앉은 자세에서 처음 등장하는 '회전' 자세입니다.

'전요회흉' 기억나시나요? 전굴은 요추! 회전은 흉추!
어떻게든 회전을 하기 위해 몸을 뒤로 기울여 요추를
틀게 되면 추간판에 과한 압력이 생깁니다. 추간판은
척추뼈 사이를 이어주는 연골, 말랑한 젤리 같은
'디스크'입니다.

두 엉덩뼈를 바닥에 둔 상태에서 '건강한 회전'을
시작할게요.

"제 팔꿈치는 무릎에 딱 걸리는데요?"
"괜찮아요! 아래 자세처럼 손으로 바닥을 짚어
구부정한 '등허리 부분'을 길게 늘리며 회전을 즐기시면
됩니다."

절대 울지 않아

사실은 나도 잘 모르겠어.
불안한 마음은 어디에서 태어나 우리에게까지 온 건지.
나도 모르는 새에 피어나 우리 사이에 큰 상처로 자라도
그건 아마 우리의 잘못은 아닐 거야.

그러니 우린 손을 잡아야 해.
바다에 빠지지 않도록.
끊임없이 눈을 맞춰야 해.
가끔은 너무 익숙해져 버린 서로를 잃어버리지 않도록.
　　　　—백예린·고형석, 〈그건 아마 우리의 잘못은 아닐 거야〉(2019)

나흘 전, 나는 저 노래를 들으며 소파에 누워 있었다. 애인이

내 눈물을 닦아주었다. 처음으로 500일 넘게 한 남자를 만났다.

하지만 지금 나는 새로운 남자를 기다리고 있다. 브루클린이 연상되는 거대한 공간의 카페. 수많은 사람들이 자아내는 왁자지껄한 소리가 높은 천장까지 울려대고 있다. 나는 아이스커피를 홀짝이며 야마모토 후미오의 소설 『절대 울지 않아』를 읽고 있다.

'어쩌면 가벼운 바람(하타) 덕분에 다시금 애인(아쉬탕가)이 애틋하게 느껴지는 계기가 될지도 모르니까.' 요가에 대한 비유로 생각한 적이 있지만, 사실 내가 새로운 사람을 만나려는 이유도 마찬가지다. 말 그대로 산들바람 정도. 만나서 대화를 나눈다. 그뿐이다. 그 이상은 내 얼굴에 코딱지를 붙이는 짓이라 싫다.

냉정하게 기준을 세우고 나니 마음이 편안해졌다. 물론 애인에게는 비밀이지만, 그는 약간 눈치챈 눈치다. 나는 평소 누구누구를 만날 때마다 실명을 언급한다. 남사친의 경우는 그냥 친구를 만난다고 한다. 그래서 어젯밤에도 장난 섞인 목소리로 '어떤 새끼 만나'느냐며 재차 물었다. 애인은 욕을 하지 않는다. 내가 '어떤 년'이냐며 농담을 한 적이 있어서 따라 하는 것이다. 나는 어물어물 넘어갔다.

새로운 남자는 나와 동갑이다. 우리는 이미 말을 놓은 상태다. 일주일 동안 메시지를 주고받으며 서로에 대해 약간의 정보를 갖췄다. 무엇보다 나에게 애인이 있다는 사실을 그는 알고 있다. 내가 성별 가리지 않고 새로운 친구를 구한다는 것도 잘 알고 있다. 하지만 남녀 사이에 친구가 없(다기보다는 어렵)기에 일말의 가능성이 있다는 것쯤은 암묵적으로 알고 있을 것이다. 그게 이 데이트의 포인트다. 인생은 어찌 될지 모른다. 한 치 앞도 가늠할 수 없다. 그래서 지금의 설렘이 스릴 있게 느껴지는 것이다. 만나자마자 증발할 테니까.

사랑 때문에 죽을 거 같던 시절은 이미 경험했다. 그때는 사랑에 빠졌다. 빠져서 죽을 뻔했다. 사랑은 같이 헤엄치는 거지, 빠져 죽을 것처럼 허우적거리면 상대는 난감해진다. 하지만 그때는 몰랐다. 사랑 속에서 헤엄치는 법을. 지금은 다른 것 때문에 허우적대고 있지만……

남자가 도착했다. 나는 그가 카페에 들어서자마자 알아봤다. 그가 두리번거리며 나를 찾는 틈을 타서 잽싸게 책을 가방에 쑤셔 넣었다. 제목을 보는 순간 그게 뭐냐고 왜 절대 울지 않는 거냐고 물어볼 게 뻔하니까. 웃긴 건 여기에 등장하는 모든 여자 주인공들이 어떤 상황 속에서도 절대 울지 않는다는 것이다. 남자가 나를 발견했다. 보자마자 악수를 청한다. 뭐라 뭐라 말한다. 나는 깜짝 놀란다. "사투리?" "응. 왜?" "아니야~."

그는 내 커피를 발견하더니, 본인도 주문하러 간다. 그사이 나는 화장실에 갔다. 거울에 비친 내 얼굴을 똑똑히 바라보았다. 놀랍게도 얼굴에는 두려움이 있다. 어떤 두려움인가? 애인 몰래 다른 남자를 만난다는 두려움? 아니다. 방금 만난 남자의 사투리 때문에? 아니다. 그의 말투와 몸짓, 카운터로 나아가는 걸음걸이. 무엇보다 그의 눈빛에서 두려움을 느꼈다. 물론 그는 정직한 얼굴이다. 하지만 애인과 조카의 눈을 바라볼 때 느껴지던 그런 맑음이 없다.

두 시간 가까이 대화했다. 뭐랄까. 100분 토론 느낌이었다. 그는 자기만의 사상과 주장이 뚜렷했고 거침없이 그것들을 표현해냈다. 메시지로 주고받았을 때 느꼈던 세심함과 다정함도 물론 있었지만, 그의 눈빛+말투+몸짓이 곁들여지니 점점 아리송해졌다. 그리고 그가 쓰는 주요 단어들이 귓가에 오래 앉았다가 사라졌다.

확실히 재미는 있었다. 주제를 툭 칠 때마다 우르르 쏟아져 나온다는 것은 평소에 그만큼의 충분한 사유가 있었다는 뜻이다. 그리고 참신했다. 나와 정반대의 의견도 있었지만, 굳이 내색할 필요가 없었기에 입을 다물고 들었다. 내가 애인을 만나며 배운 게 이거다. 타인에게 나의 100을 말할 필요가 없다. 특히 상대가 자기 자신에게 심취해 있을 경우 더더욱 말할 필요가 없다. 물어보지 않는 이상, 굳이 버선발로 마중 나갈 필요는 없는 것이다.

마지막에 나눈 대화가 인상적이었다. 그는 늘 여동생에게 '사람을 의심하라'고 조언한다고. 나는 곰곰 생각했다. '사람을 쉽게 믿지 말라'와 '사람을 의심하라'는 같은 뜻이지만, 불신을 강조하는 것보다는 믿음의 소중함을 상기하는 게 좋지 않을까? 의심이란 본인이 아는 만큼 안다는 것이다. 즉, 의심받을 짓을 할 줄 아는 만큼 상대를 의심한다. 모르는 사람은 그런 데이터가 없기 때문에 의심하지 않는다. 어디서 주워들어 알긴 알더라도 본인과는 별 상관없으니 언급할 일이 없다.

그는 마지막에도 악수를 청했다. 악수가 익숙지 않은 나는 어쩐지 웃겨서 그래그래 안녕, 잘 가 인사했다. 정중한 모습이 귀여웠지만, 핏줄이 튀어나온 굵은 그의 전완(아래팔)을 보면서 든 생각은 놀랍게도 '멋있다'가 아닌 '맞으면 아프겠다'는 생각이었다. 뭔가 쎄했다.

슬슬 걸어 애인 집으로 넘어갔다. 벌써 가을인가. 바람이 시원하다. 그러고 보니 올여름은 바다를 한 번도 못 봤구나.

오늘은 세 커플이 모여 영화를 보는 밤이다. 모두 나의 원데

이 요가 클래스에 참여한 적이 있다. 애인의 집 앞에서 한 커플과 마주쳤다. 외국인 남자친구가 술로 만든 푸딩을 들고 있었다. 여자친구가 나에게 커플 요가 수업을 의뢰했다.

"언니 추천대로 집 근처에 있는 전통 요가원에서 하타 수업 들어봤어요. 근데 저는 요가 연재에서 배웠던 것처럼 정해진 자세들이 연결되는 아쉬탕가 자세를 차례대로 배워보고 싶어요." 그녀는 숨도 안 쉬고 말했다. 수업료를 물어보기에 다음에 더 대화 나누자며 어물어물 넘어갔다. 오늘은 무비 나이트니까! 일단 피맥을 먹으며 귀신들의 창의적인 인간 놀래키기를 감상해봅시다.

한 친구가 나보다 더 무서워하는 거 같아서 왠지 용기(?)가 생겼다. 그래도 방심하면 안 된다. 귀신들의 열정이 대단하기 때문에 또 무슨 괴기스러운 소리를 내며 튀어나와 흰자를 시커멓게 만들지 모른다. 막판에는 애인 등짝에 숨어서 봤다. 그의 목덜미에 감도는 체취는 아까 만났던 낯선 남자에게서 풍기던 향수와 달리 나를 편안하게 만들어줬다. 일이 남아 잠도 몇 시간 못 자는 상황이었지만, 애인은 나를 집까지 바래다줬다. 그의 부드러운 목소리를 들으며 따뜻한 상완(위팔)에 감겨 있는 나의 애틋한 표정이 깊은 밤의 버스 창에 비쳤다.

29

나바아사나

Navasana

나바nava는 보트입니다. 보트라니…… 귀엽죠? 아사나 이름을 지은 사람은 분명 즐거웠을 겁니다. '어? 이거 보트 같은데…… 보트 자세라고 부르자!' 뭐 이런 식으로 하셨겠죠. 게다가 '나바'는 '나 봐, 제발 나 좀 봐줄래?' 귀여운 관종의 목소리처럼 들립니다.

뱃살을 줄이는 데 도움이 되는 자세지만, 사실 다리를 드는 것조차 힘들 수 있습니다.

드디어 다리를 들었다! 등이 약하다면 동그랗게 굽겠죠. 그렇다면 무릎을 90도로 접어줍니다. 등! 중요합니다. 『요가 디피카』에는 "등이 강하다면 나이가 많아도 젊음을 유지할 수 있다. 나바아사나를 통해 등에 생기와 활력을 주면 편안하고 우아한 노년을 보낼 수 있다"라고 쓰여 있습니다. 즉, 강한 등이란 노후를 대비해 건물 몇 채를 사두는 것과 비슷한 거겠죠.

저는 정말 바들바들 진동벨처럼 떨면서 수련했던 기억이 있습니다. 몸의 진동이 서서히 줄어드는 과정을 만끽해볼까요?

입문자의 경우, 더 진도를 나가기보다는 지금까지

배운 아사나를 '매일' 반복하며 전체적인 흐름이
익숙해지도록 충분한 시간을 들여보시기를
권장합니다.

Change your breath

리노 밀레의 『아쉬탕가 요가』에 암리타빈두Amrtabindu에 관한 이야기가 나온다. 경전에서는 우리가 음식물을 섭취하는 32일마다 한 방울의 새로운 혈액이 만들어지고, 이 32방울이 모여 한 방울의 생명 에너지인 암리타빈두가 만들어져 정수리에 보존된다. 만약 좋지 않은 생활을 하면서 좋지 않은 음식을 먹고 부정적인 생각과 행동을 하면 암리타빈두가 아래로 흘러내리면서 위로 상승하는 소화의 불인 아그니Agni에 의해 소멸된다.

이런 식으로 암리타빈두를 다 잃게 되면 생명 자체를 잃고 만다. 그래서 거꾸로 서는 자세들이 암리타빈두가 흘러내리지 않도록 보존해주며, 아그니의 상승하는 성질 때문에 역자세에 머물 때 소화기관이 정화된다고 한다.

8월 27일 화요일

마이솔에 갈까 말까 고민하다가 셀수했다. 땀이 줄줄 흘렀다. 너무 흘러서 눈에 들어가면 따가워서 억지로 눈물을 만들려고 표정이 이상해지고 수련에 방해되지만, 수련할 때 빼고는 아무리 더워도 땀이 잘 안 나는 나에게 뚝뚝 떨어지는 육수는 소중하다. 뭔가 암리타빈두 같고…… 오늘 흘린 땀은 아무래도 나흘 내내 마신 술(와인+진토닉+맥주) 같지만…….

8월 28일 수요일

역시 집에서 셀수하면 잘 된다. 지하라서 조용하고 공간도 넓고 천장도 높고 조명도 분위기 있어서 집중이 잘 된다. 사람들과 부대낌+왕복 90분(수련 시간과 맞먹음)에도 불구하고 요가원으로 수련하러 가는 이유는 뭐라도 하나 더 배우기 위함일 것이다. 하지만 디테일한 이론은 워크숍에서 진행하므로 따로 돈을 더 내고 등록해야 한다. 게다가 부쩍 핸즈 온이 줄었다. 인터미디어트 시리즈intermediate series 진도를 나가고 싶지 않다고 말씀드려서 그런가(현재 프라이머리 시리즈primary series를 수련하고 있다). 입문자들을 챙기느라 바빠 나는 구석에 방치되는 느낌을 받는다. 입장을 바꿔서 생각해보면 그럴 만하다. 알아서 자유롭게 수련하라고 배려해주는 걸지도 모른다. 내 실력이 늘어서 더 이상 가르칠 게 없고 뭐 그런 건 아닐 것이다. 분명 열심히 안 나가서다! 물론 함께하는 수련은 좋지만 혼자 하는 습관을 잃고 싶지 않다(6개월간 만드느라 힘들었음).

8월 29일 목요일 레드 클래스

다음 주에 있을 샤랏 선생님의 한국 방문 수업 이야기를 하면서 오늘은 구령 녹음을 틀어 같이 수련하자고 했다. 나는 맨 뒤에 섰다. 하얀 벽을 보면서 수련하면 뭔가 아득해져서 휘청거리기 때문이다. 오늘은 하프 시르샤에서 요르가즘을 느꼈다.

8월 30일 금요일 초승달

사흘 내내 수련했다. 그래서 오늘은 다른 수련을 하기로 했다. 대단한 건 아니고…… 산책 수련! 산책은 수련이 아니다. 하지만 꽤 기분 전환이 된 한 시간이었다. 나는 지갑 하나만 들고 집을 나섰다. 폰은 없다. 스마트폰 때문에 미세한 시간들이 손아귀로 새어 나가는 느낌이 든다. 인스타그램에 들어가 빨간 하트(좋아요)를 누를 때마다 소중한 1분 1초가 꿀꺽꿀꺽 삼켜진다.

최근 인스타를 수놓는 사진은 가을 하늘이다. 초저녁의 일몰 즈음 나도 몇 장 찍었다. 아파트 단지 사이에 수북이 쌓인 구름이 너무나 아름다웠다(오글거리니까 줄여서 개예쁨). 늘 이런 하늘이 머리 위에 전시되어 있다면 이렇게 매번 아름다움에 탄복할 수 있을까?

하늘을 자주 보던 시절은 분명 있었다. 요가 강사를 하기 전, 나는 1년 남짓 담배를 피웠다. 처음 피운 담배는 에쎄 체인지였다. 그날은 비가 왔다. 비 오는 날은 으레 그러하듯 나는 기분 좋은 울적함에 젖어 있었다. 마침 동생 책상 위에 얇고 하얀 그것이 누워 있었고, 나는 그것을 집어 들었다. 빠르게 타들어 가는 담배를 보고 있자니 마치 우리네 젊음 혹은 욕정 같다는 생각이 들었고 누구나 이런 허접한 생각을 한 번쯤 해보겠거니 싶어져 고개를 절레절레 흔들었다.

캡슐을 터뜨리니 입에서 박하향이 느껴졌다. 와 시원하다! 이래서 사람들이 피우는 거구나!

반 정도 피우자 약간 몽롱해지면서 뇌가 흐물흐물 나른해지는 느낌이 들었고 미묘한 감각들이 되살아나기 시작했다. 빗물에 녹아든 가로등 불빛을 응시하며 귓구멍을 파고드는 빗소리에 멍하니 빠져들었다. 비릿한 비의 향에서 바다를 떠올리자 쌩쌩 달리는 차 소리가 파도처럼 느껴졌다. 황홀했다.

담배가 끝나가고 있었다. 꽁무니에는 우리들의 숙명인 'change'가 새겨져 있었다. 세차게 내리던 비도 점차 멎었다. 당시의 나는 반지하 작업실에서 지내고 있었다. 비가 그쳤는지 확인하려고 대문 밖으로 걸어 나가 얼굴을 들었다. 그날의 짙은 하늘을 기억한다. 청량한 남색이었다. 누군가가 푸른 하늘이라 부르던 그것은 부담스러울 정도로 해맑은 명도와 채도의 대낮이 아닌 바로 이 온도의 하늘이었던 것이다.

그날을 시작으로 하늘을 자주 보러 나갔다. 하늘을 볼 수 없는 밀폐된 곳에서는 담배 생각이 들지 않았던 걸 보면 하늘을 보기 위해 담배를 피운 건 아니었나 싶은 생각도 들지만, 물론 아니었을 것이다(중독이지 뭐). 단박에 숨을 돌릴 수 있는 방법으로는 그게 가장 빨랐다. 그때는 그게 가장 빠른 줄 알았다.

30

우파비스타 코나아사나

Upavistha Konasana

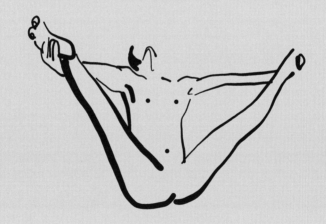

지금껏 계속 앉은 자세를 해왔는데요.
우파비스타^{upavistha}는 앉았다는 뜻입니다. 하체뿐
아니라 상체까지 모두 앉은 거죠.

두 다리를 찢을 필요는 없습니다. 발 날을 잡고
등허리를 펼 수 있을 정도로만 벌려줍니다.

고무고무 열매를 먹으면 단박에 해낼 수 있겠지만,
시간을 들여 해낸 보람은 맛보지 못하겠죠? 그래서 이
자세에서 가장 먼저 배울 건—다리를 얼마나 벌리고
배를 바닥에 붙이느냐가 아니라—나의 몸을 '다정하게'
대하는 연습입니다. 손끝 발끝 정수리까지 숨결이 잘
전해지고 있는지 섬세하게 느껴볼까요?

앞의 자세에서 다섯 번의 호흡을 마쳤다면 이제
두 다리를 들어 올릴 차례입니다.

발가락은 포인트! 다리를 이쑤시개처럼 쭉!
골반에서부터 척추를 쭈욱 뽑아내듯이 펴줍니다.
시선은 코끝! 가슴을 들어 올리며 두 팔도 쭉 펴볼게요.

완벽히 자세를 취했을 때는 뭐랄까 하늘다람쥐가 된

기분이었습니다. 제가 작명가였다면 왠지 '하늘다람쥐 자세'라 이름 지었을 것 같네요.

* 고무고무 열매는 만화 『원피스』에 나오는 가상의 열매로, 먹으면 몸이 고무처럼 늘어납니다.

#flying_squirrel_pose

딸이 요가 강사인데 도대체……

"이번 주에 몇 번 오셨죠?" "0번이요." 생리 핑계를 댈까 잠시 고민하다가 조용히 매트를 깔았다. 수련을 끝내고 집으로 돌아와 빠르게 물 샤워를 하고 빵을 조금 뜯어 먹고 다시 부랴부랴 면접을 보러 나갔다. 해맑은 원장님과 한 시간을 대화했다. 어제 통화로 '저를 면접 보러 오세요. 아하하~.' 말씀하시기에 혹해서 갔는데 역시 좋은 분 같다. 하지만 헛된 기대는 노노. 집에서 5분 거리라 김칫국을 마셨을 뿐이다.

플라잉 요가, 대체 이런 건 왜 만들어서 강사들을 괴롭히는 걸까? 다이어트는 무슨. 살을 빼려면 식단 조절을 해야 한다. 입맛을 뜯어고치기 전까지는 절대 시시포스의 굴레에서 벗어날 수 없다.

초록불로 바뀌길 기다리며 엄마에게 전화를 걸었다. "어디야?" "네 집 앞." 엄마랑 이마트에서 장을 봐서 함께 요리하고(된장국, 버섯볶음) 저렴하게 구입한 스테이크, 연어 등을 거하게 차려 먹었다.

지난 1년간 파란만장했던 당신의 이야기를 들었다. 나는 전혀 몰랐던 어마어마한 일들이다. 혼자 얼마나 힘드셨을까. 당신의 다이어리에서 '탯줄을 끊어야 한다'라는 글귀를 읽은 적이 있다. 너무나 성격이 다른 자식 셋을 모두 다른 방식으로 키우기 위해, 도움을 주되 좌지우지하지 않기 위해 끊임없이 노력했다는 걸, 우리는 안다. 잘 표현하지 못할 뿐. 그래서 늘 마음이 아릿하고 늘 감사하다. 난생처음 듣는 이야기들을 포함해 많은 대화를 나눴다. 딸내미가 서른이 넘으니 해주시는 것인가.

"열아홉 살이었어. 비가 조금씩 내리는 저녁에 역 근처를 혼자 터덜터덜 걸어가고 있었지. 많이 우울했던 거 같아. 그때 어떤 아저씨가 나를 부르더니 손금을 봐준다는 거야. 그래서 '저 그런 거 안 믿어요. 돈도 없고요' 이랬어. 근데도 괜찮으니 이리 와보라는 거야. 그렇게 손금을 처음 봤지. 그때 아저씨가 안타까워하면서 했던 말이 가끔 떠올라. 엄마한테 부모 복이 너무 없어서 딱하다고. 부모 복이 조금만 있었어도 '판사까지' 될 사주였다고."

나는 대꾸할 말을 찾지 못한 채 와인만 홀짝홀짝 마셨다. 엄마가 판사가 되었다면, 지금의 내가 있었을까? 이기적이게도 나는 엄마가 지금의 엄마라서 다행이라는 생각이 들었다. 내 유년 시절에는 항상 엄마가 곁에 있었다. 우리가 건강하고 씩씩하게 성장할 수 있도록 늘 보살펴주었다. 당시에는 몰랐지만, 그것은 엄청난 인프라였다. 당신은 우리 삼 남매에게 두둑한 부모 복을 쟁여주셨다. 그리고 이제 우리 차례인 것이다. 나는 '무엇까지' 될 수 있을까?

다음 날 아침, 엄마를 짐에 모시고 갔다. 요가를 가르쳐드리기 위해서다. 아니…… 가르쳐드리지 못했다. 엄마는 기본적인 수리야 나마스카라조차 힘들어했다. 중간에 허리가 아프다고 해서 중단. 그래서 거의 실버 요가에 가까운 스트레칭 위주로 진행했다. 딸이 요가 강사인데 도대체…….

"다음 주에 또 가르쳐줄래?" "안 돼. 당장 집 앞 요가원 등록해." 매몰차게 거절했지만 결국 다음 주에 또 하기로 했다. 그러고 보니 주말 아침, 애인도 가르쳐주기로 했는데? 둘이 같이하면 안 되겠지. 허허 사위도 왔나? 어이쿠 장모님! 혼자 상상해보며 웃는다.

일주일 후, 예상대로 엄마는 마음 수련을 위해 귀여운 손주를 보러 갔다. 그래서 지난주에 의뢰받은 커플 요가 수업을 진행했다. "자, 이제 수업의 마지막 하이라이트. 야를 보러 갑시다."

보이차를 대접하고 있는데 마침 애인이 왔다. 친구들은 요가 수업 때보다 열심히 카샤카샤(장난감)를 흔들며 고양이와 놀았다. 따뜻한 차가 텅 빈 위로 흘러내리자 짜릿한 느낌이 전신을 휘감았다. 커플은 내가 추천해준 친절한 베트남 음식점으로 이동했고 우리 둘은 예정대로 일대일 수업을 하러 갔다. 솔직히 주린 배를 움켜쥐고 그들을 따라가고 싶었지만, 이제 더는 미뤄서는 안 된다. 내가 생각해도 좀 너무한 것 같다. 여자친구가 요가 강사인데…… "사귄 지 2년 반 만에 가르쳐주다니." "이제야 제대로 사귀기 시작했다는 뜻이지."

그의 이름에 '석'은 석가모니를 뜻한다. 그동안 딱히 가르쳐줘야 할 필요성을 못 느낀 결정적인 이유기도 하다. 그에게는 수련 혹은 마음공부 따위가 딱히 필요해 보이지 않는다. 게다가 알게 모르게 피트니스 센터 같은 데 가서 근육을 뿌시고(부수고) 다닌다. 도드라진 그의 근육들을 만져보면 단박에 알 수 있다.

숨 쉬고 걷고 말하고 웃는 모습만으로도 느껴지는 기운이 예사롭지 않다. 즉 이 사람에게는 요가가 필요없다. 원래 요가는 명상을 위한 도구로 시작되었다. "Practice and all is coming." 유명한 이 문장에서 'practice'는 요가만을 뜻하는 게 아니다.

삶 전체를 향한 수련을 말한다.

그렇다고 그가 늘 부처님 같다는 뜻은 아니다. 너무 혼자만 득도하시면 옆에 있는 미개한 중생은 되레 속이 터질 수도 있다. 그래서 일부러 존댓말로 수업을 진행했다. 이미 엄마 수업 때도 느낀 맹점인데, 친한 사이일 경우 말귀를 못 알아듣거나 동작이 느려터질 경우 나도 모르게 다그치는 경향이 있기 때문이다(아빠가 『수학의 정석』 가르쳐줄 때 왜 그리 버럭했는지 이제야 알겠다).

최대한 그의 얼굴을 보지 않으려고도 애썼다. 워크숍 때 몇몇 친구들이 기를 쓰고 자세를 취하는 표정을 보고 터지려는 웃음을 참느라 허벅지를 꼬집은 적이 있기 때문이다.

나의 수업에 와주신 귀한 손님이다, 예의와 성의를 다해 진지하게 수업에 임해야……. 야, 이 바보야! 그렇게 하면 안 되지! 결국 앉아서 하는 자세들은 넘어가기로 했다.

고관절에는 압착 지점이라는 게 있다. 쉽게 말해, 무리해서 나아가면 안 되는 지점이다. 우리에게는 다른 뼈와 관절, 체격뿐 아니라 몸과 마음의 역사가 있기 때문에 모두에게서 같은 자세가 나올 수 없다는 뜻이기도 하다. 골반 바보라서가 아니라.

석가모니가 다운 독을 하다가 돌연 주저앉았다.

"왜 그래?"

"방금 느꼈어."

"뭘?"

"요르가즘을."

뻥치시네. 하나도 안 했는데.

4부

맛있게 요가를 먹었다

. . .

땀을 듬뿍 흘리고 난 후의 쾌감은
어떤 운동에서든 느낄 수 있지만, 서서히 달아오르다가
꼬르륵 잠이 드는 요가의 여운과는 확실히 다르다.
간지럽던 영혼 어딘가를 벅벅 긁은 듯한 쾌감이다.

우르드바 다누라아사나
+파스치마따나아사나

Urdhva Dhanurasana+Paschimattanasana

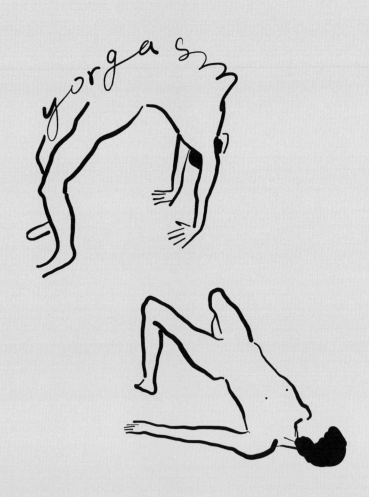

#urdhva_dhanurasana

활 자세라고 들어보셨나요? 바닥에 배를 대고 누워 양손으로 양발을 잡으면 활시위를 당기는 모습이 됩니다. 오늘은 반대로, 바닥에 등을 대고 누워 손과 발로 바닥을 밀어 올려 척추를 펴는 '위를 향한 활 자세'를 배워보도록 하겠습니다.

#bridge_pose #브릿지포즈

1. 골반만 들어 올린 브릿지 자세를 취합니다.
2. 양손을 머리 옆에, 손끝이 몸을 향하도록 둘게요.
3. 팔꿈치를 펴며 정수리 바닥에…… 두기 어렵다! 다시 아래의 브릿지 자세로 돌아올게요!
4. 허벅지 앞면(대퇴 직근)이 살짝 터질 듯하게 하체를 깨우고, 등 밑에서 어깨를 총총 모아 가슴을 들어 올리는 데 집중해볼게요.

우르드바 다누라아사나
+파스치마따나아사나

Urdhva Dhanurasana+Paschimattanasana

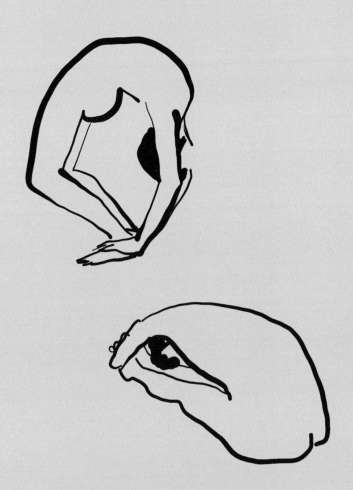

허리만 꺾은 듯 보이지만, 척추 전체를 사용해야만
'건강한' 자세입니다. 반다(라 쓰고 정신줄이라
읽는다)를 놓지 않도록 주의해야 하므로 매번 스릴
넘치는 매력이 있죠.

#티리앙무코타나아사나 #tiriangmukotanasana

"도대체 왜 저렇게까지 후굴을 해대는 거죠?"
"그러니까요. 인간은 왜 에베레스트산에 오르는
걸까요."

#파스치마따나아사나 #Paschimattanasana

깊-은 후굴 후에는 깊-고 부드러운 전굴(이완)이
필요하지만, 너무 급하게 긴장을 풀어내면 오히려
척추가 약화될 수 있습니다. 육체의 탄성을 음미하며
천천히 원래의 형태로 돌아가볼게요.

다행히도 내장은 터지지 않았다

마이솔 사진을 구경하다가 '수련을 좋아하는 게 너무나 티나는 학생'이라는 묘사를 읽었다(물론 나는 아니다). 어떤 느낌인지 알 것 같다. 수련이 일상의 0순위가 되어, 심신을 이끌어가는 삶이다. 나도 그녀의 표정을 보고 단박에 느꼈다. 광클릭에 성공하여 1월에는 인도로 떠난다.

나에게도 요가가 전부였던 때가 있나? 질문해본다. 인생을 통틀어 많은 부분을 차지한 적은 물론 있지만, 늘 요가가 살짝 가미된 글을 쓰거나 요가를 날것으로 다룬 그림을 그리는 쪽으로 빠졌다.

'제주도에서 살아보기' 같은 걸 하면서 한 선생님 밑에서 몇년간 제자로 지내보고 싶다. 인도도 딱히 가고 싶지 않아졌다. 오히려 발리나 괌, 하와이 같은 데 가고 싶다. 수련하러? 아니,

놀러!

이렇게 안이한 내가 요가 강사로 먹고살고 있다니, 미묘한 죄책감을 느낀 적도 있다. 그렇다. 과거형이다. 이제는 느끼지 않는다. 지난 주말 지인들에게 요가 과외를 해주고 나니 슬그머니 사라졌다. 이대로 그냥저냥 만족하면서 살겠다는 의미는 아니다. 그들이 어설프니까 되레 내가 어쩌고 이런 것도 아니다. 요가가 뭐라고. 그거 좀 못 해도 사는 데는 전혀 지장이 없다.

특히 애인에게는 그날의 요가가 첫 경험이었을 테니 모든 아사나가 새롭고 신기하고 재밌게 느껴졌을 것이다. (그가 고개를 떨구고 좌우로 흔들던 모습이 떠오른다.) 물론 힘들었을 것이다. 하지만 그들은 입을 모아 '상쾌하다'고 말했다. 땀을 듬뿍 흘리고 난 후의 쾌감은 어떤 운동에서든 느낄 수 있지만, 서서히 달아오르다가 꼬르륵 잠이 드는 요가의 여운과는 확실히 다르다. 간지럽던 영혼 어딘가를 벅벅 긁은 듯한 쾌감이다.

'요가는 명상의 도구'라는 이상은 여전히 아득하지만, 분명 예전보다는 조금 투명해진 느낌이다. 기본적으로 움직임 속에서 움직이지 않는 무엇을 찾는 것이다. 몸뿐 아니라 마음의 근육까지 사용해야 한다. 육체를 깨워서 정신으로 들어가는 방법이 있는가 하면 예술을 통해 다가갈 수도 있다. 친구가 살짝 꼬집어 말해준 적이 있다. "수련보다는 작업을 하면서 느끼는 평화가 더 큰 건 아닐까요?" 아무래도 오늘은 그림을 그려야겠다. 그리고 나서 시간이 남으면 수련을⋯⋯. 잽싸게 그리고 갔다.

"저는 개인적으로 비가 오는 날 수련하는 걸 좋아해요." 만트라를 외기 전, 선생님이 말했다. 비는 조금씩, 가볍게, 분위기를 한껏 잡으며 내리고 있었다. 신은 또 손가락에 물을 묻혀 오므렸다 폈다 장난스레 튀기고 있었을 것이다.

한 시간 정도 지났을까. 비의 신이 심심했는지 장난의 수위를 높여갔다. 남쪽에서부터 태풍을 끌어오기 시작한 것이다. 천둥이 치기 전처럼 번쩍번쩍, 홍수가 나는가 싶을 정도로 비가 퍼부었다. 창문도 전부 열려 있는 상태라 쏴아쏴아 소리가 넘실넘실 들이닥쳤다. 내 숨소리는커녕 선생님 목소리도 안 들렸다. 무서웠다. 몸이 오그라들자 오만 잡념이 들이닥쳤다. 자는 방에 활짝 열어둔 창문이 떠올랐다. 오른쪽 어깨로 흘러내리는 끈이 성가셨다. 짝가슴이라 어쩔 수 없긴 하지만 새로 산 건데 벌써 이러다니 역시 인스타그램 광고를 보고 뭘 사면 안 된다.

선생님은 내 옆에서 '수련을 좋아하는 게 너무나 티 나는' 학생을 지도하느라 바빠 보였다. 한 동작을 계속 무한 연습하는 그녀를 의식하다가 나는 움찔했다. 내가 늘 대충하고 넘어가는 부분이었던 것이다. 언젠가 되겠지 하는 심정으로 그러려니 해왔는데, 혹시 지름길이나 뭐 꿀팁 같은 게 있는 걸까? 나는 그녀에게 자극을 받고 있었다. 수련을 좋아하는 게 별로 티 나지 않는 (일단 잘 안 옴) 나는 마음을 가다듬고 나머지 아사나를 이어갔다. 그러자 선생님이 다가오셨다. "차투랑가 다시 해 볼래요?" 나는 푸쉬 다운push down을 한다. "잘하는데…… 왜 (점프 백을) 못 하는 거지?" 아리송해 한다. 네, 저도 그게 참 궁금합니다.

지금은 이렇게 혀가 데일 것처럼 뜨거워 호호 불며 머뭇거리지만, 언젠가 전환 동작Jump back, Jump through을 식은 죽 먹기처럼 해내는 날이 올 것이다. 그때 지금 이 글을 읽으면 감회가 새로울 것이다. 맞아, 그때는 그랬었지. 코웃음 칠 것이다(치고 싶다). 그러니 포기하지 말기를.

대신 오늘은 후굴에 더 깊게 들어갈 수 있게 도와줬다. 뒤로 허리를 꺾어서 발목을 잡았다면 다음은 종아리다. 1차 시도, 선생님의 거대한 품속에 안겨 있다 보니 편안해진 나머지 반다가 풀려버렸다. 깜짝 놀라서 벌떡 올라왔다. 지난번처럼 힘든 척 아양을 떨면서 넘어갈까 0.1초 생각하며 눈알을 굴렸지만, 선생님이 진지한 표정으로 매트 앞에 정승처럼 버티고 서 있으니 이건 뭐 도망칠 곳이 없다. 게다가 BGM은 천둥 치는 빗소리…….
뭐라 말해도 옹알이처럼 들릴 게 뻔하다. 그래. 까짓것 종아리도 해치워버려.

잡았다. "셋!" 오…… 카운트가 셋이라니. "둘, 하나!" 번쩍 올라와 합장한다. 다행히도 내장은 터지지 않았다.

32

살람바 사르방가아사나

Salamba Sarvangasana

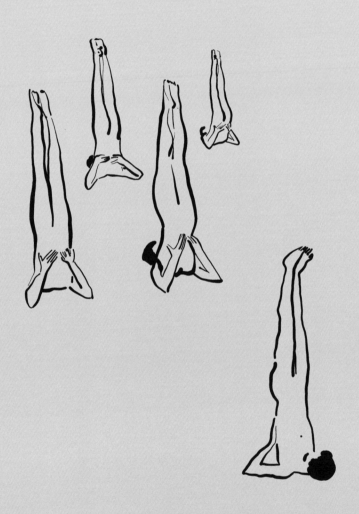

살람바salamba에서 사sa는 함께, 알람바alamba는
버티고 지지한다는 뜻입니다. 사르방가sarvanga에서
사르바sarva는 전체, 앙가anga는 몸입니다. 말 그대로
두 손으로 허리를 받쳐 몸을 떠받들고 있는 모습이죠.

역전 자세는 효과가 다양해 만병통치약으로 불리지만,
이다음에 배울 쟁기 자세를 3분 이상 해낼 수 없다면
'시도해보지' 않을 것을 권합니다. 앞에서 배운
자세들을 충분히 반복하여 발달된 목과 어깨가
준비되면 그때 안전하게 시도해볼게요.

역전 자세들은 '아그니'라 불리는 소화의 불로
체내의 독소를 태웁니다. 이 불꽃은 항상 위를 향해
움직이므로 몸을 역전시킬 경우 소화기계, 직장,
항문을 정화할 수 있습니다.

처음에는 다리가 수직이 되지 않고 바나나처럼 휠 수
있어요. 그래도 어깨너비 이상으로 팔꿈치가 벌어지지
않게 모아 목이 눌리지 않도록 몸을 들어 올릴게요.

이제, 한 호흡을 10년이라 생각하면서 열 번
호흡해볼까요?

Dear my guru

선생님, 안녕하세요. 혜원입니다.

벌써 석 달의 시간이 지났네요. 세어보니 오늘이 스물네 번째 방문입니다. 자주 오진 못했지만, 올 때마다 매번 따뜻하게 웃어주시고 디테일하게 설명해주셔서 정말 감사했어요. 선생님의 기운이 가득한 공간에 함께 머문다는 것만으로도 자연스럽게 이끌리는 느낌을 종종 받았습니다. 핸즈 온은 거의 완벽에 가까웠죠…….

이제 저는 제 전공으로 돌아가려 합니다. 아쉬탕가 덕분에 다시 그림도 그리고 글도 쓰기 시작했어요(사실 미대 출신이랍니다). 물론 수련은 평생 할 예정입니다. 자유를 찾아가는 여정이니까요. 한동안 선생님의 장난스러운 미소가 그리울 거 같네요.
입꼬리에 번진 그 미소를 볼 때마다 묘한 용기를 얻었습니다. 늘
건강하세요. 문득 생각날 때 놀러 올게요.

33

할라아사나

Halasana

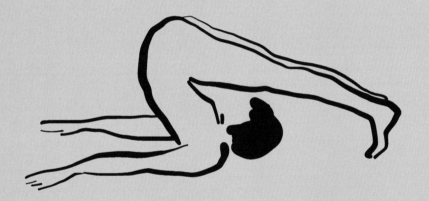

쟁기 모양과 비슷한가요? 할라hala는 쟁기를 뜻합니다.
어깨 서기 자세에서 열 번의 호흡을 한 후, 쟁기 자세로
넘어가 여덟 번의 호흡을 이어갑니다.

두 발이 바닥에 닿지 않는다면 허리를 안전하게
받쳐주세요. 두 발이 바닥에 닿는다면 손깍지를 껴서
바닥을 밀어냅니다.

숨을 마실 때는 상복부를 가볍게 부풀리고, 숨을 내쉴
때는 발이 머리 뒤로 1밀리미터씩 깊어지는 느낌으로
하복부를 당기며 호흡해볼게요. 턱이 자연스레 쇄골
사이에 닿아(잘란다라 반다를 깨워) 갑상샘을 자극하면
호르몬 분비에 균형이 잡힙니다.

태양만이 흑점을 가질 권리가 있다

"태양만이 흑점을 가질 권리가 있다."

—괴테

평창동에 갔다. 지인이 수련하는 요가원이 있는 곳이다. '언제 한번 놀러 가겠다'란 말도 지키고 오랜만에 요가 여행도 할 겸, 겸사겸사 갔다. 어제는 패딩을 입고 나가도 추웠는데 오늘은 완연한 여름이었다. 버스를 타고 굽이굽이 오를 때마다 이리저리 창가로 부서져 내리는 햇살 때문에 내가 계속 선글라스를 쓰고 있었다는 사실도 까먹었다.

도착. 입구가 어디지? 건물을 한 바퀴(300도 정도) 빙 돌고 나니 문이 나왔다. 예쁜 나무 계단이다. 자박자박 오르자 분위기가 슬슬 느껴진다. 이국적인 음악이 귓구멍을 더듬고 기묘한 향초 냄새가 코끝으로 기어들어 오면 그곳은 요가원이다. 아니다. 그곳에는 어떤 음악도 냄새도 없었을지 모른다. 나의 기억은 종종 본인이 상징하는 방식으로 오감을 조작하곤 한다.

깜짝. 입구에서 지인이 튀어나왔다. 20대의 그녀가 뿜어내는 통통 튀는 에너지에 순식간에 압도되었다. 서핑을 즐기는 그녀는 예상보다 짙은 구릿빛이었다. 올여름 파도 소리를 듣지 못해서 희멀건한 나는 잠깐 쓸쓸했다가 슬슬 일어나 매트를 펼친다. 어차피 계절은 돌고 도니까.

거대한 창으로 담뿍 들어온 태양열에 실내가 달궈져 숨이 잘 안 쉬어진다. 그래도 초록초록 나무와 맑은 하늘이 찬란해 천국에 온 기분이다. 체감 온도 지옥, 시각 온도 천국.

오늘의 선생님은 굉장히 솔직하고 사유가 많은 사람이었다. 게다가 그 솔직한 생각을 그대로 줄줄 말하는 사람. 나는 수업 시간에 그러지 못한다. 도슨트의 작품 설명처럼 들리기 때문이다. 작가의 의도와 내러티브 덕분에 작품을 깊게 이해하는 계기가 될 수도 있겠지만, 스스로 감상하는 즐거움까지 잃을 수 있다.

"자신을 믿어보세요. 본인을 믿는 순간이 중요합니다."

"만약 시험이라면, 저는 지금 다섯 명에게 낙제를 주고 싶네요."

"지금 한쪽 어깨가 올라가신 분이 세 명 있습니다. 내가 그런 가 생각하지 마시고, 그냥 본인의 몸을 느껴보세요."

"자, 무기력해지지 마세요."

"후굴이라고 여기지 마시고, 생명 에너지라고 느껴보세요. 몸의 앞면을 이해하고 뒷면을 바라보세요."

"계속 걸으세요. 완벽하지 않아도 돼요."

"태도가 중요해요. 몸의 태도는 기억에 남습니다."

"오늘은 이 자세로 오래 있을 겁니다. '오래'라는 말에 의식을 빼앗기지 마세요."

"시도해보세요. 시도는 좋은 겁니다. 선택할 수 있습니다. 주도적인 선택권 안에 머무르세요."

"의식적으로 아사나를 하세요. 의식적으로."

"살라바아사나(메뚜기 자세)를 표현해주세요."

"여러분 과감해야 해요. 여기에는 과감하신 분도 있고, 과감성이 필요하신 분도 있습니다."

"상상해보세요. 간다베룬다아사나를 해냈다고 상상해보세요."

"후굴과 전굴을 나누지 마세요. 뒤꿈치가 머리에 닿는 건 목표가 아니에요. 과정이에요."

"저는 움직이지 않는 게 조금 두려워요. 그 또한 두려워하실 필요가 없습니다."

"몸의 기억을 만들어보세요. 좋은 기억이든 어려운 기억이든, 몸에 기억을 주세요."

"저는 어떠한 선생님이 앞에 있건, 제 아사나를 합니다. 여러분도 그렇게 하세요."

"그 에너지를 불편해하지 마시고, 활용해보세요."

"큰 호흡 말고, 깊은 호흡을 해보세요."

두 시간 내내 그가 뱉는 수많은 문장에 휘둘리며 자세를 이어갔다. 달콤한 사바아사나가 끝난 후에는 차를 마셨다. 수업이라는 열차에서 내려 가벼운 일상으로 돌아오자, 다들 텐션이 몽글몽글 솟아오르기 시작했다. 이런저런 가벼운 화두를 만지작거리다가, 누가 한국에서 가장 아사나를 잘하는지에도 닿았다. 나는 잠자코 그들의 토론에 귀 기울였다. 아사나는 그저 아사나일 뿐이라 말하지만, 강사들에게는 그 말이 '돈이 전부는 아니다'라는 말과 비슷하기 때문이다.

고구마 칩을 우적이던 지인이 요가 드로잉에 대해 내게 물었다. 그때부터 모두의 관심이 나에게 집중되어, 여기저기서 인스타 계정을 보여주는 사태가 발생했다. 혼자 초면인 나는 몸 둘 바를 몰라 평소와 다르게 소심하고 겸손하며 차분한 사람의 목소리로 대꾸했다.

"요르가즘? 야한데?" 이런 솔직한 반응은 처음이었지만, 모르는 척하는 것보다는 낫다. 예전에 인스타로 '요르가즘이 뭐죠?' 라는 DM을 받은 적은 있다. 물론, 무례한 대답 대신 친절히 차단했다. 그 밖에도 굿즈는 어디에서 구입할 수 있죠? 저는 그림 잘 그리는 사람 좋아해요, 저는 못 그려서. 뜻밖의 고백도 받았다. 물론 아무 말 대잔치긴 했지만.

아무런 기대도 없이 훌쩍 떠난 여행이었는데, 꽤나 유쾌한 시간을 보낸 거 같아 기뻤다. 주변 환경도, 아담한 공간도, 사람들까지도 모두 요가스러웠다. 여행이 그러하듯, 처음이자 마지막이 될지도 모를 만남이 자아내는 관계의 온도가 그리웠던 것이다.

"수련한 지는 얼마나 되셨나요?"

"제대로 한 지는……"

"허허."

"제대로 한 지는……."

"다들 그렇게 말해요."

"2년 됐어요."

"2년이나요?"

2년이 그렇게 긴 시간이었나. 처음 알았다. '2년이나 했음에도 불구하고 여전히'라는 가정이라면 긴 시간일지도 모르겠지만.

다음 날 아침, 외복사근에 알이 잔뜩 배긴 것처럼 뻐근하다. 존재감 없던 능형근도 갑자기 인싸처럼 군다. 흑점은 태양 내부의 격동으로 거대한 자장 고리가 형성됐다가 사라지는 과정에서 생긴다고 한다. 그렇다면 이 통증은 나의 흑점인가!

"아뇨. 운동 열두 시간 이후에 발생하는 지연성 근육통, 돔스 Delayed onset muscle soreness입니다."

시르사아사나+발라아사나

Sirsasana+Balasana

'시르사sirsa'는 예상하셨듯이 '머리'를 뜻합니다.

제가 처음 시르사를 만났을 때 '나만 고양이 없어'처럼
'나만 시르사 못 해' 느낌을 받았습니다. 지금
생각해보면 고양이에게 간택받은 것처럼 시르사에게도
간택받을 때까지 잠자코 기다려야 하는 것 같습니다.

"저는 천 번 정도 넘어졌습니다"라고 말하고 다니며
허세를 부렸지만 시도는 천 번 정도 했습니다.
넘어지는 과정 없이 성취한 분들도 있겠지만, 저는
넘어지는 두려움이 사라질 때까지 신나게 구르며
배웠습니다. 나중에는 우아하게 자빠지는 법을
익히게 되었습니다. 하지만 '머리로 서는 것'은 시작에
불과했고 '머리로 선 상태'에서 취할 수 있는 다음
자세들이 기다리고 있었습니다. 요가의 세계란 끝이
없습니다. 이제 끝이라고 생각한 순간이야말로 다시
초심으로 돌아와야 할 타이밍이기 때문이겠죠.

감정의 변화도 재밌었습니다. 처음 느꼈던 감정은
두려움. 다음은 '안타까움-쪽팔림-분노-포기-인내-
무념무상-넘어지기의 달인-머리로 서서 눈을 감고도
편안한 느낌'이었습니다.

시르사아사나+발라아사나

Sirsasana+Balasana

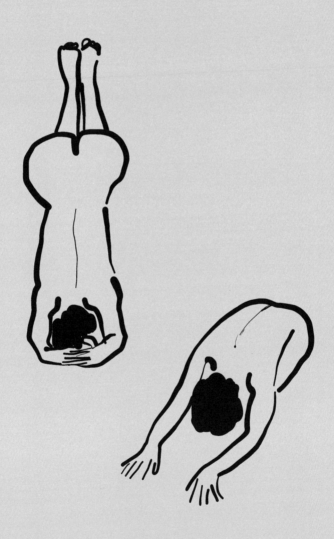

1. 먼저 오른손으로 나의 왼쪽 팔뚝, 왼손으로 나의 오른쪽 팔뚝을 잡아봅니다. 기억할게요, 이게 나의 어깨너비입니다. 이 팔꿈치의 너비를 유지한 상태로 손깍지를 낄게요. 가장 바깥의 새끼손가락이 튀어나올 겁니다. 얘를 손바닥 안으로 쏙 숨겨, 바닥에 양손 날이 닿게 해주세요.

2. 이렇게 손 울타리가 완성되면 머리를 댈 차례입니다. 처음에는 눈썹과 정수리 사이가 바닥에 닿도록 해주세요. 팔꿈치로 바닥을 밀어 귀어공(귀와 어깨 사이의 공간)을 만들어봅니다.

3. 자, 이제 본격적으로 엉덩이를 높게 들고 발끝으로 얼굴을 향해 총총총 걸어가볼게요. 한 다리를 접어 **무릎이 가슴 가까이** 오게 한 상태에서 반대쪽 발이 바닥에서 떼질 듯 말 듯 깡총깡총 무게를 옮겨봅니다. 많은 분들이 이 단계에서 다리를 공중으로 차올리는데, 이때 복부의 힘이 풀려 뒤로 넘어갈 수 있어요.

이제 선생님이 학생의 등 뒤에서 등장할 차례입니다. 학생의 척추가 자연스러운 만곡인지 확인하고 약간의 오리 엉덩이를 주문합니다. 두 무릎을 접은 상태에서 무게중심을 잡을 수 있도록 살짝 안아줍니다. 처음 자전거를 탈 때 뒤에서 잡아주는 것처럼 말이죠. 그러다가 사알짝 1초 정도 손을 놓아보기도 하면서 학생이 스스로 무게중심을 득템할 때까지 기다려줍니다.

#주의

1. 상체의 힘이 부족하면 목으로 하중이 쏠려 아플 수 있습니다. 목이 아프다면 조용히 내려와 플랭크 연습을 해볼게요.
2. 손깍지를 너무 세게 쥔 상태에서 넘어지면 손가락이 골절될 수 있어요.
3. 깡총깡총하다가 뒤로 굴링 넘어질 때는, 낙법처럼 등을 동그랗게 말아서 부드럽게 착지해야 하니 넘어질 매트 공간을 확보하고 시작하세요.

사확행, 사치스럽지만 확실한 행복

인도풍의 신비한 음악이 내 무릎에 도착한다. 둥그렇고 가볍고 푸른 음악이 핏속을 흘러 허벅지 위에서 미끄러지고 음부에 잠시 고였다가 넓게 퍼진다. 아랫배를 스치고, 둥근 가슴에 도착한다. 얼굴 가까이로 음악을 끌어올리고는 다시 아래로 내려보낸다. 천천히 반복하다 발끝에 둥그런 음악이 맺힐 즈음 "손가락과 발가락을 꼼지락거리며 몸을 깨우세요"라고 지시하는 지도 선생님의 목소리에 음악을 놓아준다.

—박연준, 『인생은 이상하게 흐른다』(달, 2019)

이제 하루 세 시간 이상 수업을 하고 나면 요가봇이 된 기분이 든다. 3년 3개월 전으로 돌아가보자. 요가 강사를 시작하고 오전 수업만 하던 때는 저녁에 소설을 썼기에 더 수업을 구할 생각이 없었다. 먹고살 수 있을 만큼만 일을 하고 싶었기 때문이다. 그러던 어느 겨울, 우연히 저녁 수업을 병행했다가 반년 만에 때려치우고 말았다. 이유는 라섹이었다. 굴러온 돌이 박힌 돌 뺀다고, 수술 후 대타 강사를 구하고 잠깐 쉬었더니 그대로 잘린 것이다. 그 후로는 계속 저녁 수업만 했고, 덕분에 알람 없는 1년을 보냈다.

봄. 이곳으로 이사를 오면서부터 뭔가가 꼬이기 시작했다. 아니, 처음에는 잘 풀리는 것처럼 보였다. 아침 일곱 시 수업이라는 게 조금 걸렸지만……. 집에서 1분 거리라니! 3년간 왕복 세 시간에 익숙했던 자에게는 로또와 같은 기회였다. 그렇게 나는 덜컥 미끼를 물고 말았다.

첫 맹점은 시간이었다. 야근 다음 날 새벽녘 비척비척 일어나 수업을 간다. 비염인 나는 아침에 일어나자마자 찬 공기를 맞을 경우 지독한 콧물과 재채기에 시달리므로 더 일찍 일어나 집에서 미리 콧물과 재채기를 끝내고 출근해야 한다. 안 그러면 콧물을 줄줄 흘리며(훌쩍이며 마시는 소리를 낼 수 없기에 수건으로 닦으며) 간지럼 참기보다 어렵다는 재채기 참기 고문을 당할 수밖에. 뭐 여기까지는 알람과 습관의 힘을 빌려 해낼 수 있었다.

그러다가 다른 맹점이 드러났다. 밥 먹을 시간이 애매한 것이다. 운동을 해본 사람이라면 누구나 알겠지만 요가 두 시간 전까지는 위를 비워둬야 한다. 그렇게 나의 식사는 점점 아점도 아닌 점저와 야식으로 밀려났고, 야식으로 인한 위산 역류 사건도 있었다.

다행히 잔고 걱정은 없었다. 그렇다고 저축할 수 있을 정도는 아니었다. 월세가 높은(드디어 인간이 살 수 있는) 곳으로 이사 왔으므로 이게 마지막 맹점이다. 나는 적게 벌면 검소하게 살고 버는 족족 겸손하게 쓰는 버릇이 있다. "그럼 뭐 바퀴벌레처럼 적응해낸 거 아니야?" "응. 나도 그런 줄 알았어."

정확히 6개월이 지난 어느 날, 또다시 로또를 맞았다. 집에서 5분 거리의 일터를 찾아낸 것이다. 인심 좋아 보이는 원장님께서는 저녁뿐 아니라 아침 두 타임 수업까지 듬뿍 얹으며 말했다. "천천히 이곳을 장악해보세요."

첫 수업, 스무 명 남짓한 아쉬탕가 마니아들이 공간을 가득 채웠고 나는 약간의 희열을 느꼈다. 업 독에서 홀로 질주하며 물고기처럼 튀어 오르지 않고 다운 독 자세를 엎드려뻗쳐처럼 하지 않는 모습만 봐도 흐뭇한데, 나의 구령에 동작까지 군무처럼 착착 맞아떨어지다니. 마지막에는 모두의 기운이 하나 되어 공명하는 것처럼 느껴졌다. 그렇게 일복이 터진 나는 신나게 수업을 하러 다녔고, 세상이 붉게 물든 어느 가을 아침 객혈을 했다.

"피가래가 나왔어요."

"코피가 목으로 넘어왔을 수도 있어요."

"제가 목구멍을 세게 조여서 그런 걸까요?"

"그게 뭐죠? 처음 듣는데. 어떻게 하는 건데요?"

"음⋯⋯."

"설마 지금 다시 하고 있는 거예요?"

"(움찔하며 웃는다.)"

의사 선생님이 내 등에 청진기를 대더니 여러 번 숨을 들이마시고 내쉬게 했다. "호흡 소리는 괜찮네요. 일단 나흘 치 약 먹고 나서도 피가 또 나오면 그때는 여러 가지 검사를 해야 합니다."

안다. 이 무서운 기침. 엄마가 겪은 병이다. 폐를 자르고 잘랐다. 엄마가 중환자실에 있을 때마다 아빠는, 엄마가 잘못되면 우리 셋을 버릴 거라고 했다. 무서웠다. 엄마가 잘못되는 것도 버림을 받는 것도. 다행히 엄마는 잘못되지 않았지만, 그때 나의 어딘가가 잘못된 것 같다. 아프면 버려질 수 있다는 것. 약을 먹고 네 시간을 내리 잤더니 등이 아팠다. 자다가 일어나 엉금엉금 수업을 하러 갔다. 마지막 플라잉까지 세 타임을 마치고 나오니 요가가 싫어졌다. 금요일 밤이었다. 하지만 다음 날 아침 또 수업을 하러 갔다.

처음 뵙는 아주머니 한 분이 마리챠아사나(현인 자세)를 하다가 나를 노려봤다. '지금 고관절 상태에서 무릎을 너무 누르면 다칠 수도 있다'고 말씀드렸더니 빠르게 위아래 위아래 휘릭 휘릭 나를 훑어봤다. 어떻게 눈을 저렇게 굴릴 수 있지? 신기하고 무서워서 뒷걸음질 쳤다. 다시는 근처에 얼씬도 하지 않았다. 오늘따라 머리 서기 꿈나무들이 많아 바쁘기도 했다. 늘 이렇게 반짝이는 눈만 봐왔지 번뜩이는 눈은 처음이었다. 중학교 때 일찐인지 일찐따인지 뭔지 하는 여자애들이 곧잘 하던 눈알의 움직임이었다. 어른이 되고 보니, 센 척하는 사람 치고 강한 사람이 없다는 걸 깨달았다. 부서지기 쉬운 마음을 보호하기 위한 생존 본능일 뿐. 어차피 몸뚱이는 뭐 늙고 병들기 마련이겠지만, 흔들림 없는 눈동자를 가진 할머니가 되고 싶다. 현인 자세 취할 수 있다고 해서 다 현인 되는 것도 아니고. 그러기 위해서 나는 앞으로 어떤 삶을 살아야 할까? 반짝이는 눈빛을 잃지 않으려면 반복되는 일상에 어떤 기준을 세워둬야 할까?

강다니엘이 누군지 잘 모르겠지만, 아무튼 그가 인터뷰에서 이렇게 말했다. "피곤한 거랑 안 행복한 거랑은 아예 다른 일이라고 생각해요. 전 이 일이 천성인가 봐요. 바쁘면 오히려 살아 있다고 느낄 때가 많아서요." 일개 강사로서 벌어들일 수 있는 최대 수익 스케줄을 따라 해본 결과 나의 체력은 6개월을 넘기질 못했고, 남은 삶을 그 프레임에 욱여넣을 정도로 강사가 천직이 아니라는 것도 깨달았다. 바쁠 수 있을 때 바짝 바빠야만 살아남을 수 있는 연예인이라면 모를까, 월차와 4대 보험을 쟁인 직장인이라면 모를까, 프리랜서인 우리에게는 워라밸을 조정할 수 있는 선택권이 있다.

수입은 줄겠지만 수업은 즐길 수 있다. 솔직히 수업은 재밌다. 한껏 몰입된 다수의 수련을 이끌고 나면 굉장히 보람차다. 그들의 칭찬은 아메바도 춤추게 한다. 이 좋은 걸 돈까지 벌면서 할수 있다니! 가끔은 재화 가치가 주객전도될 때도 있었지만, 여기까지는 내 사정이리라. 최종 목표는 수업의 재화 가치를 넘어 가성비를 높이는 일이다. 운동이라는 콘텐츠, 요가 매뉴얼의 기술적인 부분을 넘어서야 한다. 여기서부터는 내 깜냥이리라.

객혈 사건(실은 피가래 조금) 이후 세 곳이었던 일터를 두 곳으로 줄이고 건강을 회복했지만, 그래도 뭔가 마뜩잖았다. 여전히 나는 새벽 수업과 야근을 겸하고 있었다. 아무리 주말과 쉬는 날을 활용해 아침 일찍 수련하고 세 끼를 챙겨 먹고 일찍 잠에 들어 컨디션을 회복해도 이틀간의 야근을 하는 순간, 바이오리듬이 쨍그랑 깨졌다.

고맙게도 계기는 차곡차곡 쌓였다. 핑계를 계기로 삼을 줄 아는 인간의 유용한 잠재력이 발휘된 것이다. 서른 번째 생일

밤 10시 50분. 나는 수업을 마치고 있었다. 불을 끄고 모두가 사바아사나(송장 자세) 휴식에 들어갈 시간, 젊은 여성1이 슬그머니 일어나 밖으로 나갔다. 피곤하니 집에 가서 주무시려나 보다 생각했다. 5분이 지났다. 나는 불을 켰다. 다 함께 나마스떼 인사하며 마무리하기 위함이었다. 이번에는 젊은 여성2가 일어나 밖으로 나갔다. 강사가 되고 처음 겪는 상황이었다. 나는 맹렬하게 '저런 밥맛!' 외치는 대신 진짜 밥의 맛을 생각했다. '저녁에는 저녁을 먹고 싶다!' 밥벌이 때문에 밥을 못 먹다니. 야근을 해도 밥은 준다. 밥심으로 산다. 밥에 미친 한국인은 멍하니 입맛을 다시며 자신의 밥줄에 대해 생각했다.

맑은 새벽과 여유로운 저녁이 간절해진 어느 겨울, 나는 나의 천직을 시험해보기로 했다. 사치라 해도 어쩔 수 없다. 이미 확실한 행복의 기준이 되어버렸으니까.

자, 이제 이 자가 남아도는 시간 동안 뭘 해서 먹고사는지 지켜보도록 하자. 사死확행이 될 가능성이 높지만 어쩌면 소확행 小確幸, 소박하지만 확실한 행복이 될지도 모르니까.

수카아사나

Sukhasana

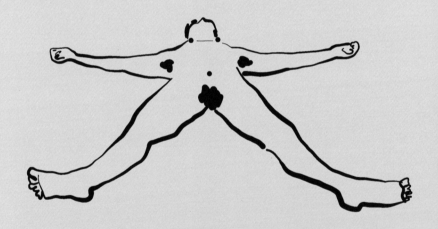

마지막 꿀 휴식이 보이시나요? 송장처럼 꼼짝하지
않는 사바아사나^{Savasana}로 알려져 있지만,
아쉬탕가에서는 아무 자세도 취하지 않고 편안하게
휴식을 취한다는 뜻으로 수카아사나라 부릅니다.

휴식은 매우 중요합니다. 잔뜩 긴장했던 근육과 조직을
완전히 이완시켜야만 면역력과 항상성을 유지할 수
있기 때문이죠. 그래서 최소 5분은 쉬어주셔야……
아니, 어디 가세요! 유종의 미를 거두셔야죠.

세타 뇌파를 즐기는 모습입니다. 초당 4~8Hz
주파수가 나오는 상태로, 깊은 통찰이나 아이디어가
떠오를 때의 뇌파입니다. 더 심화되면 델타 뇌파(진동수
0.5~3Hz) 패턴이 됩니다. 바로 우리가 꿈을 꿀 때의
상태인 거죠.

아침이면 사라져버리겠지만

꿈이 이렇게 생생한 걸 보니 잠을 얕게 잔 게 분명하다. 오늘
도 다섯 시 즈음 기상했다. 슬슬 새벽형 인간으로 변신하고 있
나. 아니다. 오늘은 삐릭 쿵, 현관문 잠기는 소리를 듣고 깼다. 룸
메이트의 운동화는 보이지만 그녀는 없다. 어디 간 걸까? 요즘
들어 일주일에 서너 번씩 오는 것 같다. 3년간 동거하며 한 달
에 서너 번 올 때는 얘가 자주 오면 좋겠다고 생각했는데, 늘 밤
에만 오고 도대체가 잠을 안 자니……. 나는 밤 귀가 밝다. 얘가
살금살금 걸어 다니는 소리만 들어도 자리에서 벌떡 일어난다.
반면 룸메는 죽은 듯이 잘 잔다. 얘는 대학 때부터 야행성이었
다. 늦은 새벽까지 홀로 실기실에 남아 작업을 했고, 나는 해가
뜨기도 전에 일어나 등교하곤 했다. 그렇게 우리는 무언의 바통
터치를 하며 졸업 작품을 준비했지. 어제도 소파에 앉아 졸고

있는 룸메를 발견했다. 내가 한밤중에 깨어나 화장실에 다녀오면 애는 그때 침실로 기어들어 간다. 가난하던 피카소가 친구와 작업실을 쓸 때 그렇게 밤낮을 바꿔 침대를 사용했다지. 하지만 우리는 2층 침대인데. 아무래도 안대와 귀마개를 하고 자야겠다. 아침이면 사라져버리겠지만, 매일 아침마다 침대를 뒤져서 찾아내면 된다.

'늦어도 일곱 시부터는 수련을 시작해야지. 아홉 시부터는 어머님들이 들이닥칠 테니까.' 수리야 나마스카라를 하면서 생각했다. 겨울에는 해가 적게 일한다. 늦게 출근하고 칼퇴한다. 그래서 아까 고민했다. 새벽에 돌아다니는 게 무섭다. 엘리베이터를 타고 어두운 4층에서 내린다. 주위를 두리번대며 비밀번호를 누르는 손이 바빠진다. 커터칼을 안 가져온 것을 잠시 후회하지만, 커터칼을 쥐고 있으면 왠지 평소보다 쫄아서 괜히 봉변을 부를 것만 같다. 그렇다면 겨울에는 새벽 수련을 쉬고, 사람들이 바삐 출근하는 아침에 오는 게 어때? 싫어. 그렇게 살기 싫어. 그럼 어쩌자는 거야. 머리가 툴툴댄다. 정신도 산만한 거 같은데 오늘 수련은 여기까지만 하는 거 어때? 그럴까? 근데 못 멈추겠어. 몸이 무의식적으로 아사나를 이어간다. 그럼 선 자세까지만 하자. 그래. 몸이 계속 움직인다. 어느새 서서 하는 자세들을 끝내고 자리에 앉는다. 그래도 전굴은 하는 거 어때? 생각도 하기 전에 몸이 척척 앞면과 뒷면을 쭉쭉 늘인다. 그러자 이번에는 골반을 풀고 싶은 강렬한 욕망에 이끌려간다. 그렇게 나는 자누 시르사아사나 자세에서 요르가즘을 느꼈다. 세포가 전율하는 듯한 시원함이었다. 나의 머리가 이런저런 핑계를 찾아 대고 있을 때, 몸은 간절히 요가를 원하고 있었다. 묵묵히 행하고 있었다.

파란만장한 수련이었다. 휴식을 취하려 누워 생각했다. "와, 오늘 이건 진짜 써야 해." 불이 환하게 켜져 있었지만 까무룩 잠이 들었다. 촬영된 영상을 보니 사바아사나만 20분 달게 잤다. 뭐지? 어디서 코 고는 소리가 들리는데? 누가 있나? 놀라서 드르릉 커억 깼다. 어떻게 자면서 내가 코 고는 소리를 들을 수 있지. 유체이탈이라도 한 걸까.

챙겨 온 단백질 쉐이크와 푸딩을 먹으며 느긋하게 그녀들을 기다린다. 퓰리처상 수상 작가인 유도라 웰티의 『작가의 시작』을 읽고 있다. 대단한 유년 시절을 보내셨구나. 부럽다. 이제 막 읽기 시작했는데 티 없이 맑은 영혼이 느껴진다. 이런 캐릭터 감당하기 어려운데. 마침 어머님 한 분이 살며시 다가와 말을 건다.

"요르가즘 뜻이 요가할 때 느끼는 오르가즘 맞나요?"

"아뇨. 흔히들 생각하는 그 오르가즘이 아니고…… (횡설수

설)"

"그러니까 요가할 때 느껴지는 게 오르가즘이랑 비슷하다는 거잖아요?"

"어 음…… 그렇죠."

"선생님 나는요, 수상 스키부터 시작해서 온갖 다이내믹한 운동을 다 좋아했었는데요. 이렇게(의자에 발을 얹으며 흉터를 보여 주신다) 다쳐서 발 수술하고 나서는 안 해요. 무릎은 요가 하다가 다쳤는데, 잘 되던 자세도 이제는 못 하게 됐어요. 근데 요가가 너무 좋으니까. 완전 내 라이프니까. 잘 못해도 계속하는 거예요."

"맞아요. 좋아서 즐기는 거. 그게 가장 요가를 잘하시는 거예요."

그녀가 사라지자마자 또 생각했다. "와, 오늘은 진짜 써야 하네." 멍하니 앉아 있는데 그녀가 빼꼼 다시 나타났다.

"근데 우리 선생님. 그림 그리시고 말수도 적으셔서 조용하신 분인 줄 알았는데, 아니더라."

"(움찔)"

"왈가닥이시더라고! 인스타그램 재밌게 보고 있어요."

5분 후면 아침 수업이다. 왈가닥은 책갈피로 끼워두고 생계형 목소리를 꺼내자. 수업은 하타와 빈야사. 하타에서 뭉근하게 몸을 풀고 빈야사에서 근육을 쪼갤 것이다. 오늘은 음식으로 비유를 들며 수업을 시작했다. 우아하게 음미하면서 꼭꼭 씹어 삼키는 멋진 식사를 해보자고.

그렇게 우리는 맛있게 요가를 먹었다. 모두가 든든한 마음으로 하루를 시작할 수 있기를.

나는 왈가닥을 챙겨 입고 퇴근한다. "와, 이제 쓰러 가야지!"

B. K. S. 아헹가, 『요가 디피카』(선요가, 1997)

존 스콧, 『아쉬탕가 요가』(한스컨텐츠, 2009)

리노 밀레, 『아쉬탕가 요가』(침묵의향기, 2014)

황승욱, 『아쉬탕가 요가 오브 마인드』(마음의등불, 2015)

권수련, 『요가 아사나 해부학의 모든 것』(각광, 2015)

버니 클락, 『인요가』(스쿨오브무브먼트, 2015)

샤랏 조이스, 『아쉬탕가 요가의 정석』(요가저널코리아, 2017)

키노 맥그레거, 『아쉬탕가 요가의 힘』(침묵의향기, 2017)